瑞香（ずいこう）

神田職人えにし譚

知野みさき

時代小説文庫

角川春樹事務所

目次

第一話　瑞香（ずいこう）

神無月は十日の昼下がり。

咲は仕上げたばかりの守り袋と匂い袋を持って、階下へ下りた。

二つの守り袋は共に干支の酉を意匠としているが、一つは土鈴を模した丸みを帯びた鶏で愛らしく、もう一つは本物らしい軍鶏を凜々しく縫い上げた。

匂い袋は一つで、意匠は沈丁花だ。地色は白茶で、緑の葉の真ん中にぼんぼりのごとく固まって咲く花は白にした。花の刺繡は真ん中を避け、やや右下から左上を向いた形で縫い取った。

守り袋は桝田屋へ、匂い袋は瑞香堂へ納める物で、どちらの店も日本橋にある。

戸締まりをしていると、隣りの福久の家から勘吉が顔を覗かせた。

「おさきさん、おでかけ？」

「うん。ちょいと日本橋まで、仕事で行って来るよ」

「おやつまでにかえってくる？」

「ううーん、おやつまでってのは難しいね」

「そうか。むずかしいのか」

勘吉は束の間しゅんとしたものの、すぐに気を取り直したように咲を見上げた。

「おやつはおだんごだよ。おいらがいまから、おふくさんとつくるんだ」

「うん？　そりゃ、おやつじゃなくてお月見のお団子だろう？」

葉月の十五夜と長月の十三夜を合わせた「二夜の月」に、今宵の十日夜を加えて「三月見」となる。今日は、近頃内職をやや減らした福久が、勘吉の子守りがてらに、皆の分の月見団子を作る手筈になっていた。

「おつきみのおだんごだけど、おやつでもたべるの。ちょっとなら、おやつにたべてもいいんだよ。ね、おふくさん？」

「味見にちょっとだけだよ」

福久の応えを聞いて、勘吉が胸を張る。

「ほらね。ちょっとはたべていいんだよ」

「そうらしいね」

満足げに頷く勘吉の頭を一撫でしてから、咲は言った。

「じゃ、行って来るよ」

「いってらっしゃい」

木戸を出ると、吹き抜けた木枯らしに思わず身を縮こめる。だが、咲はすぐに丸めた背中を伸ばして歩き出した。

風は冷たいが、雲の少ない空は清々しい。

鍋町から鍛冶町へとやや早足で歩んで行くと、後ろから足音と共に名前を呼ばれた。

「咲！」

「縫箔師の咲！」

振り返ると、しろとましろの二人が並んで駆けて来る。
七、八歳といった年頃のこの双子は、柳原にある稲荷神社の神狐の化身だと、咲と錺師の修次は推察している。
双子は今日は、いつもの藍染の着物の上に綿入れを着込んでいて、首には揃いの、納戸色にさざれ波が染め抜かれた手ぬぐいを巻いている。しろの手ぬぐいは咲があげた物だが、ましろの手ぬぐいは修次が稲荷に忘れていった物の筈だ。

「日本橋に行くんだろう？」

「桝田屋に行くんだろう？」

口々に問う双子へ、咲は微笑んだ。

「やれやれ、お見通しかい？」

神狐は稲荷大明神の遣いだからか、二人は「時々、お見通し」らしい。

「うん、お見通し」

「お見通し」

「だって今日は十日じゃないか」

「咲は十日は、大抵、桝田屋へ行くじゃないか」

にやにやした双子が言う通り、およそ十日ごとに桝田屋に品物を納めている咲は、月初か月末、それから十日と二十日に桝田屋へ行くことが多い。

「なんだ。そういうことかい」

てっきり神通力かと思った咲は、少しばかりがっかりした。だが十日前、長月末日に見かけた折は何故(なぜ)だか逃げられたから、双子とこうして話すのはしばらくぶりだ。

「おいらたちも南に行くんだ」

「日本橋の向こうにお遣いなんだ」

「ふうん。じゃあ、日本橋まで一緒に行こうか」

咲が言うと、双子は嬉(うれ)しげに頷いた。

咲を間に挟んだ二人と更に南へ歩き、今川橋(いまがわばし)を渡って十軒店(じっけんだな)を通り過ぎると、今度は修次の声がした。

「お咲さん！　しろ！　ましろ！」

少し先にある茶屋・松葉屋から、足早に近付いて来る。

「あすこで待ってりゃ、会えるような気がしてたんだ。お咲さんか、しろとましろによ。ははは、三人揃って現れるたぁな」

「修次もお見通し？」

「時々、お見通し？」

双子が小首をかしげて問うのへ、修次はにやりとしてみせた。

「ああ、俺も時々お見通しさ」

「なんだい？　私かこの子らに用だったのかい？」

「いんや」と、修次は小さく首を振った。「朝のうちは真面目に仕事したからよ。昼からはなんだか気乗りしなくて、息抜きに出て来たのさ。お咲さんの簪の意匠もまだ決めかねててよ……」

頬を掻きながらばつが悪そうな顔をした修次へ、咲は微笑と共に応えた。

「そうだったのかい。私もまだ、あんたの財布の意匠は決めかねてんだよ。ほら、瑞香堂から注文をもらったろう？　桝田屋に置いてもらってる守り袋の評判も、まあまあよくてね。あんたほどじゃないけど、ちょいと忙しくしてたのさ。簪は急いじゃいないから、意匠はのんびり考えとくれ」

「おう、お咲さんもな。俺も財布は急いじゃいねぇが、楽しみにしてたら」

咲よりずっと名が売れている修次は、相変わらず忙しいようで、瑞香堂の注文も手つかずだという。

「けど、瑞香堂にも行くなら、俺も挨拶がてらに一緒にいいかい？　瑞香の匂いを嗅いだら、何かいい意匠を思いつくかもしれねぇし……」

瑞香は沈丁花の別名だ。沈丁花は沈香と丁子を合わせたような香りがすることが、その名の由来になったそうである。香木といえば主に伽羅、沈香、白檀を指すが、瑞香堂ではこれら三種に限らず、様々な樹木の他、乾かした木の実や花や香草、練香に線香に印香、匂い袋、香油など、「良い香りのもの」を取り揃えている。

「好きにおし」

咲が言うと、修次は喜んで咲たちと連れ立って歩き始めた。

「お前たちはどこまで行くんだ？」

「教えない」

「お遣いだから教えない」

「お遣いか……」

つぶやくように修次が言うと、しろとましろは咲の左右から顔を見合わせて、忍び笑いを漏らす。

「なんでぇ、そんなにいいお遣いなのか？」

修次が問うと、双子は今一度顔を見合わせて噴き出した。

「うん、いいお遣い」

「楽しいお遣い」

「嬉しいお遣い」

「すなわち愉快なお遣い」

口々に応えてにこにこするものだから、咲と修次も顔を見合わせてくすりとした。


桝田屋は、日本橋の南東に位置する万町（よろずちょう）にある。

通町（とおりちょう）から少し東へ入り、桝田屋の前まで来ると、しろとましろは咲たちを見上げた。

「じゃあな、咲」

「またな、修次」

「おう、またな」

「気を付けておゆき」

それぞれ笑顔で言葉を交わすと、双子は楽しげに並んで更に東へ足を向ける。

双子が青物町の手前を南へ折れて行くのをしばし見送ってから、咲たちは桝田屋の戸口に近付いた。

――と、引き戸が開いて、手代の志郎が客と出て来た。

「では、よろしくお願いいたします」

「ありがとうございました」

客は三十路前後の女で、咲よりやや背が高く、すらりとしている。路考茶色の着物に照柿色の縞の帯を締めていて、この二つの落ち着いた色合いに白い肌がよく映える。目を見張るほどではないが、面立ちも整っている方で、細目かつ切れ長の目にはそこはかとない色気があった。

女は志郎と会釈を交わしたのち、戸口の傍にいた咲たちをちらりと見やってから、青物町の方へと去って行く。

女が半町ほど遠くなってから、志郎が「どうぞ」と咲たちを店の中へと促したが、修次は小声で囁いた。

「やっぱり、俺ぁ今日はやめとく」

「えっ？」

「またな、お咲さん」

それだけ言うと、咲の返事も待たずに、修次もやはり東の方へ――女の後を追うごとく――早足で歩いて行った。

もしや女は顔見知りだったのかと、咲は内心小首をかしげた。

はたまた、昔の――いいや、今も付き合いがあるお人ってことも……

二十六歳の修次は咲より一つ年下で、愛嬌のある色男だ。

――なんなら、俺がもらってやろうか？――

年始にそう妻問いされたものの、あくまで冗談交じりであり、今もって咲は本気にしていない。ここ九箇月の付き合いから、好意は本物らしいと見ているが、夫としてはもちろんのこと、恋人となった修次も咲には想像し難い。己も同様で、今更誰かの妻や恋人となる様は、どうもぴんとこないままだ。

また咲は、修次がねんごろだった紺という女のもとを、文字通り「逃げるように」去ったことを知っている。修次のような男は町でも花街でも誘いは引きも切らぬだろうから、己一筋とは到底思えず、他にも――たとえば、たった今見かけた女にも――似たような誘いをかけているのではないかと勘繰りながら、咲は枡田屋に足を踏み入れた。

「あら、お咲さん」

店を志郎に任せて、美弥は奥の座敷へ咲をいざなった。

「修次さんは一緒じゃなかったの？」

双子の声が聞こえていたようで、美弥が問うた。

「ついそこまでは一緒だったんですが、なんだか用事を思い出したみたいで、行っちゃいました」

「まあ、残念。簪か何か、持って来てくださったのかと思ったのに」

「残念ですが、相変わらず忙しいようで、手ぶらでしたよ」

「ふふふ、よくご存じね」

「誘い合わせて来たんじゃないんです。たまたま途中で顔を合わせたんです」

「ふうん。たまたまねぇ……」

美弥は昨年のべったら市で修次を目にして以来、折々に咲を焚きつけようとする。

からかい交じりの美弥を黙らせようと、咲はさっさと守り袋を取り出した。

「流石、お咲ちゃん」

二人きりの時に使うくだけた呼び方をして、美弥は微笑んだ。

「土鈴を模した物の方が人気だけれど、それは子供に持たせるからよ。こっちの――こういうきりっとした意匠の方は、男の人が買ってくださるわ。大事な根付やら印やらを仕舞うのに使ったり、財布代わりにしたりしているそうよ」

「ありがたいことで」

「兄弟姉妹で揃えたい、十二支全て集めようか、なんていうお客さまもいらっしゃるから、土鈴の意匠を多めで、でも、どちらもまたお願いできるかしら？」

「もちろんです」

「合間に巾着やお財布もお願いね」

「もちろんです」

咲が繰り返すと、美弥は傍らの文箱から下描きを出した。

十日前に咲が置いていった、甘菊と蠟梅の半襟の下描きだ。

「つい先ほど、お客さまがいらしたのよ。お咲ちゃんとは、ちょうど入れ違いになっちゃったわね」

「じゃあ、あの、志郎さんがお見送りに出て来た女の人ですか？」

「そうなのよ。今少し留まってくださったら紹介できたのだけど、他のお店も見て回るそうで、今日は意匠だけ決めて、早々にお帰りになってしまったの」

「そうでしたか」

「蠟梅でお願いするとのことだったわ。甘菊はもう収穫が終わっているし、意匠があまりにも愛らしいから、大年増が身につけるには気が引けるって……でも、甘菊の方にも未練がおありだと見たわ。だから蠟梅の出来次第では、いずれ甘菊の方も注文してくださるかもしれないわ。お伊麻さんは、菊がお好きなんですって。意匠に甘菊を考えたのは、半襟に合いそうな黄色い小さな花というのもあるけれど、菊花茶をよく飲んでいらっしゃるからだそうよ」

「さようで……あの方は『おいまさん』っていうんですね」

「ええ。お伊勢さんの伊に、麻の麻よ」

「私より少し年上の――お美弥さんと変わらぬお歳とお見受けしましたが、どんな方ですか？　その……お人柄やお好みが判っていた方が、針も進むので」

「そうねぇ……物腰は穏やかだけど、好き嫌いははっきりしている方よ。ただし、好みは一口には言えないわ。小間物が好きで、意匠がなんであれ、気に入った物は、身につけないような物でも買ってしまうと仰ってたもの。使わなくても、時折手にとって眺めるだけで満足だって。本当は着物や帯も集めたいそうだけど、小間物と違って場所を取るから、眺めるだけの物は買えないともこぼしていらしたわ」

言葉からして——また、桝田屋の客だけあって——なかなか裕福な身分らしい。

だが、金に困っておらぬのに、着物や帯を仕舞う場所に事欠くというのは、どことなくちぐはぐに咲には思えた。

鉄漿(おはぐろ)をつけていたかどうか——亭主持ちか独り身か——は判らなかったが、見目姿と年の頃から、大店(おおだな)のおかみか家付き娘かと推察していた。だが、稼ぎは良いが住まいはさほど大きくない——たとえば医者や大工、はたまた修次のような人気職人の妻か娘ということも考えられる。

「どちらかの、大店のおかみさんですか？」

他の店も見て回るというなら、近所の者ではなさそうだと、ぼんやり思い巡らせながら咲は問うたが、美弥はやや困った顔をした。

「それが、私もよく知らないの。都度払ってくださるから、掛け取りでおうちを訪ねることもなくて……初めていらしたのは三年ほど前かしら。月に一度は顔を出してくださるけれど、お買い上げはお咲ちゃんの半襟を含めて四つ目よ。注文は初めてだけど、前金はしっかりもらってあるわ」

翡翠(ひすい)の玉簪、菊の意匠の鼈甲(べっこう)の櫛(くし)、桃の意匠の柘植(つげ)の根付——と、美弥はこれまでに伊麻に売った物を一つずつ挙げてくれたが、何やらはぐらかされた気がしてならない。

ただの勘だが、美弥は伊麻の名前の他、家や出自、身分や身の上などを多少なりとも知っている——と、咲は踏んだ。

とはいえ、明かしてもらえぬのなら仕方ない。

もしや、やはり伊麻は修次とかかわりのある女で、美弥はそのことを知っているがゆえに、己に隠そうとしているのかとも勘繰ったが、莫迦莫迦しいとすぐに打ち消した。

伊麻が修次とかかわっているかどうか、美弥が嘘をついているかどうかというよりも、こういったさもしい疑心——と、おそらく妬心——を抱いた己に咲は呆れた。

当たり障りのない言葉を返して桝田屋を後にすると、咲は気を取り直して、瑞香堂へと足を向けた。


瑞香堂は、桝田屋から八町ほど離れた、上槇町でも西側の御堀に近い場所にある。

間口は三間で、桝田屋より一間広いが、大店の多い日本橋ではこぢんまりとしている方だ。やや値は張るが、貴人や粋人のみならず、町の女たちにも人気の店で、店主の聡一郎の他、四人の店者が、入れ代わり立ち代わり訪れる客の相手をしている。

咲に目を留めた聡一郎が会釈を寄越して、上がりかまちに促した。

聡一郎が客の相手をする間しばし待たされたが、聞香を嗜んでいると思しき壮年の男から、女将のごとき堂々とした初老の女、二人連れの十代の町娘たち、やはり二人連れの二十代の町女たちが、それぞれどことなく厳かに香りを吟味している様を、咲は興味深く眺めて過ごした。

やがて、客を見送った聡一郎が、咲を店の奥へといざなった。

「どうもお待たせいたしました」

「いえ。相変わらず繁盛されておりますね」

「ははは、一時はどうなるかと案じましたが、まあそれなりに様になって参りました」

瑞香堂は昨年代替わりして、聡一郎が店を継いだそうである。

「隠居を機に、私に店を任せて、両親は郷里の近江に帰ってしまいましてね。それまで私は中での仕事が主でしたが、主となると店に立たねばならないことも多くて……一年経って、ようやく慣れてきたところです」

父親と手分けしていた仕入れは奉公人に任せるようになったものの、調合や金勘定は聡一郎がいまだ一人で担っているという。

細身に細面な上、色白ゆえに、一見頼りなさそうに見える。だが、話してみると、切れ長の目元と薄い唇の口元の笑い皺がくっきりとして、話し方にもぼんぼんらしい愛嬌がある。

咲の匂い袋を手にして、聡一郎は細目を更に細くして喜んだ。

「こりゃ、思ったよりずっといい。刺繍はもちろん、袋も実に丁寧だ」

「お気に召していただけたようで、何よりです」

出来には自信があったが、聡一郎の言葉を聞いて、咲はひとまずほっとした。

「次は少し違った柄もお願いできますか？　その、意匠は沈丁花のままで、一つは常式として、他は変わり種として売りたいのです。袋の仕立ても入れて、一つ二百五十文でいかがでしょう？」

「ありがたいお話ですが、売れましょうか？」

ほんの一寸ほどの刺繍でも、材料代や袋まで縫う手間暇を思うと咲には嬉しいが、匂い袋として売るには中身となる刻み香や、店の儲けが加味されるから、香木によっては売り値は一朱を超えるだろうと思われた。咲の家賃は月に一分で、二階建てで神田という職人に人気の場所柄、相場よりやや高いとはいえ、一朱はその四分の一である。

「売れますよ」

あっさり応えて、聡一郎は微笑んだ。

「あなたの腕前とこの沈丁花の意匠――つまりはうちの店で、うちだけの物として売るならば。袋の儲けは考えておりません。ですが、うちの名を冠（かん）する物ですから、安売りはしませんよ。この出来なら、多少高値でも、粋を知る人には必ず売れます。また、こちらは注文にはしないつもりです。お咲さんはお一人ですし、他のお仕事もありましょうから、せいぜい月に一つ、二つ――そうたくさんは作れぬでしょう。いつ買えるかは運次第の早い者勝ち……そう銘打って、何度も店に足を運んでいただくための商品です。どうかご心配なく」

　流石、日本橋の旦那（だんな）だね――

　一流品が揃う日本橋では、高値が売りになることがままある。桝田屋もけして安売りせぬことを思い出して、咲は小さく頭を下げた。

「差し出がましいことを申しました。こちらの他にも捨て難い意匠がありまして、下描きをいくつか持って参りましたので、何卒（なにとぞ）よろしくお願いいたします」

「なんと、これは話が早い」

　広げた下描きを眺めて、早速変わり種の意匠を決める。此度（こたび）の匂い袋の意匠を常式とすることにして、同じ物を作るために、聡一郎は一旦咲へ返した。

　店へ戻ると、客が入れ替わっていて、新たに三人連れと一人の女が来ていた。

　一人客の相手をしていた店者が、聡一郎に気付いて手招いた。

「旦那さま。お待ちしておりました」

咲が見やると同時に女もこちらを振り向いて、「あっ」と、二人してつぶやいた。

桝田屋の前で見かけた伊麻であった。

「おや、お二人はお知り合いでしたか？」

「先ほど、桝田屋で」と、鉄漿を覗かせて伊麻が応えた。

「私は咲と申します」

咲が名乗ると、伊麻ははっとしてから微笑んだ。

「もしや、縫箔師の？」

「はい。半襟のご注文、ありがとうございます」

伊麻も名乗って、蠟梅の半襟を注文したことを聡一郎に話した。

「奇遇ですね。お咲さんには、うちもちょうど、匂い袋の注文をしたところです」

「匂い袋ですって？」

目を輝かせた伊麻を見て、聡一郎は咲たちを上がりかまちへ促した。

「お咲さん、せっかくのご縁ですから、お伊麻さんにお見せしてください」

咲が匂い袋を取り出すと、伊麻は早速手に取って、まじまじと刺繡を眺めた。

少し離れたところから、三人の町娘も伊麻の手元を窺って（うかが）いる。

「なんて愛らしい……私は沈丁花――ううん、瑞香は白が好きなんです」

「私もです」

咲と聡一郎の声が重なって、伊麻が顔をほころばせる。

「こちらは袋だけでお売りになるの？」

「いえ、匂い袋ですから、お客さまのお好みの刻み香を入れますよ」

「となると、いかほどになりますの？」

「香の種類によりますが、お伊麻さんがお好きないつもの沈香ですと、袋と合わせて一朱になります」

一朱と聞いて、町娘たちは互いに顔を見合わせる。

だが、伊麻は迷わず言った。

「なら、いただくわ」

「嬉しいお申し出ですが、今日はお売りできません」

同じ意匠の物を作るために咲が持ち帰ること、また、注文は受けずに早い者勝ちで売ることを告げると、伊麻は束の間眉(まゆ)をひそめたのち、にっこりとした。

「でも、これはもう出来上がっている物ですから、注文ではありませんでしょう？　今ここで私が買い取って、お咲さんにお貸しするというのはいかがでしょう？」

「よほどお気に召されたのですね。では、此度は手付金を幾ばくか先にいただき、お品物をお渡しする折に、後金をいただくというのはどうでしょう？」

「ふふ、では、そのようにお願いします。ありがとうございます」

「いやいや、礼を言うのは私の方ですよ」

聡一郎とやり取りする伊麻へ、町娘たちはどこか羨望の眼差しを向けている。咲とて匂い袋に一朱は出せぬから、三人の気持ちは判らぬでもない。

伊麻から手付金を受け取りながら、聡一郎が問うた。

「お伊麻さんは、錺師の修次をご存じですか？」

唐突に修次の名を聞いて、咲は思わずどきりとした。

「……ええ、もちろん」

一瞬戸惑い顔になったものの、伊麻はにこやかに頷いた。

「今度、うちでは修次さんにも簪か根付を作っていただくことになったんですよ」

「簪か根付……」

「匂い袋と同じく、瑞香の意匠で頼んでおります。うちとしてはどちらも置きたいところですが、忙しいお方ですからね」

「とすると、それもまた、注文ではないのですね？」

「はい。いつ納めてもらえるかは、うちも定かではありませんので……修次さんの品物には、練香か香油を合わせてお出ししようと考えています」

「もう！　ほんに商売上手ですこと」

形ばかりむくれた伊麻を、咲はそれとなく盗み見た。

鼈甲の簪に笄（こうがい）、櫛は蒔絵（まきえ）で銅色の峰の右上には満ちた月の半分が、左下には楷（かい）か櫨（はぜ）の木と思しき枝葉が描かれている。秋を感じさせる意匠だが、今宵は十日夜だ。暦の上では冬になったが、月見に合わせて選んだのだろう。

小間物好きなら、修次さんを「ご存じ」でも不思議じゃないか……

しかし、やはり修次は伊麻の後を追って行った気がして、咲はぼんやりその後ろ姿を思い浮かべた。

「では、私はそろそろ……」

まだまだ話が弾みそうな二人に、咲は暇（いとま）を切り出した。

——と、引き戸が開いて、男が一人、入って来た。


とっさに修次と見間違えたのは、着物と帯が似ていたからだ。

鳶(とび)色の着物に縞の帯を締めた男は、年の頃こそ修次と同じか、やや若く見える。しかしながら、背丈は修次より二寸ほど低く、身体(からだ)つきもひょろりとしている。

「九之助(くのすけ)さん……いらっしゃいませ」

慇懃(いんぎん)に聡一郎は迎えたものの、愛想は半減したように咲には思えた。

男客だからかと思いきや、傍らの伊麻も九之助を見て、こちらはあからさまに笑みを消した。

「こりゃまた奇遇ですな」

九之助は聡一郎と伊麻を交互に見やってにこにこしたが、伊麻は素っ気なく形ばかりの会釈を返して、聡一郎に向き直る。

「私も、もうお暇します。さ、行きましょう、お咲さん」

「え、ええ」

伊麻に促されて、咲は表へ出た。

伊麻は明らかに九之助を避けている。その事由には興を覚えぬでもなかったが、客にして知り合ったばかりの伊麻には問い難い。

「お咲さんは、これからどちらへ?」

「用事は済んだので、家に帰るつもりですが……」

「おうちはどちら？」

「神田です」

「それなら、十軒店辺りまで、ご一緒させてくださいな」

にっこりとして伊麻は付け足した。

「よかったわ。お咲さんと、もっとお話ししたかったんです。女の職人さんなんて、初めてだから……」

問われるがまま、縫箔師になったいきさつや、弥四郎宅での修業を咲は話した。

女職人への興味は本物のようだが、伊麻は自身のことは一切語らぬ。

名乗った折にも名前しか口にしなかったこともあり、伊麻はもしや囲われ者かと咲は思い直した。たとえば伊麻が元遊女であったなら、美弥が「よく知らない」ととぼけたことも、修次や九之助と知己でもおかしくないと、咲が想像を膨らませたところへ、後ろから伊麻を呼ぶ声がした。

振り向くと、九之助が小走りに追って来る。

溜息をついて、伊麻はちょうど差しかかった日本橋の袂で足を止めた。

「なんのご用ですか？」

「まさか、瑞香堂でお伊麻さんにお目にかかれるとは思わなくて」

如才ない笑みを浮かべて、九之助は言った。

「不思議なご縁もあるものだと……その、今少し、お伊麻さんとゆっくりお話ししたかったのです。瑞香堂へは、よくいらっしゃるんで？」

「よく行くというほどではありません。人気のお店ですから、時折お伺いしますけど」

九之助とは裏腹に、にこりともせずに伊麻は応えた。

「さようで」

めげずに微笑むと、九之助は咲に向き直る。

「あなたは、お咲さんと仰るそうですね」

「ええ」

「お伊麻さんのご友人ですか？」

「違いますよ」と、咲より早く伊麻が応えた。「この方は縫箔師で、此度、瑞香堂の匂い袋を作ることになったのです。先ほど、瑞香堂で初めてお目にかかりました。ね、お咲さん？」

「ええ……」

戸惑いつつも咲が頷くと、九之助はにやりとした。

「瑞香堂で、初めてですか……」

「そうですよ」

「面白いですな」

「よろしければ、そこらで茶でもいかがです？　お咲さんもご一緒に」

「いいえ、ちっとも」

「冗談じゃありません。私、急いでおりますの」

つんとして、冷ややかに伊麻が言うと、九之助は苦笑を浮かべた。

「致し方ありませんな。――それなら、せめてお咲さんだけでも」

「えっ？」と、咲と伊麻の声が重なった。

「お二人には、修次さんのことをお訊きしたかったんです。瑞香堂の戸口で、修次さんの名を耳にしましてね。聡一郎さんに訊いたら、お二人とも修次さんをご存じだそうですね。ああ、お伊麻さん、お急ぎのところ、足止めして申し訳ない」

九之助が言うのへ、伊麻はちらりと咲を見やった。

「お咲さんも、修次さんをご存じだったのですね？」

「ええ、まあ。修次さんも桝田屋に出入りしている職人ですから……」

いささか歯切れの悪い答えになったが、伊麻は合点したように小さく頷いた。

「そうでしたか。では、私はお先に」

ちょこんと形ばかり頭を下げて、伊麻はさっさと日本橋を渡って行った。

九之助は伊麻の背中をしばし未練がましく見送ったのち、残った咲に何やら期待の眼差しを向けた。

「お茶は遠慮しておきますよ。私も仕事が残っておりますんでね」

瑞香堂の客とあらば邪険にできない。だが、伊麻の様子からして愛想よくすることはないと判じて、咲は当たり障りのない断りを口にした。

「そもそも、あなたはどちらさまですか？」

「こりゃ失礼しました。私はその……九之助という戯作者です」

「さようで」

大家の藤次郎や足袋職人の由蔵は、黄表紙やら洒落本やらをたまに貸本屋から借りているが、咲は二人から話を聞くだけだ。読み書きは指南所で多少は習ったものの、十歳で奉公に出た咲は、数えるほどしか書を読んだことがない。よって、九之助という戯作者の名にはまったく覚えがなかった。

「修次さんへのご注文なら、今は難しいと思いますよ。修次さんは売れっ子ですから」

「ああ、いや、注文ではないのです」

「では、何をお訊きになりたいんです？」

「お咲さんは、修次さんとはどういったお知り合いなんですか？」

「どうって……先ほども言いましたが、ただの職人仲間ですよ。私は縫箔、あちらさんは銀細工で物は違いますけど、お互い、小間物屋によく出入りしてますからね」

「……本当にそれだけの仲ですか？」

覗き込むように問われて、咲は内心たじろいだ。

だが、腹立ちの方が勝って、やや語気を強めた。

「本当にそれだけの仲ですけれど、随分、野暮なことをお訊きになりますね。お伊麻さんがお逃げになるのも当然です」

「すみません」

謝ってから、九之助は頰を指で搔いて苦笑を浮かべた。

「それにしても、はははは、やっぱり嫌われておりましたか」

「そりゃそうでしょう。往来で男女の仲を問われて、喜ぶ女はそういやしませんよ。大方、お伊麻さんにもこうしてしつこく、つまらないことをお訊きになったんでしょう？ 懸想するのは勝手ですけどね。あの方は独り身じゃなさそうですし、つきまとうのはよしになっちゃどうですか？」

「懸想というほどではないのですが、まあ、気になるお方には違いありません。けれども、独り身じゃないって——お伊麻さんには、どなたかお相手が？」

「さあ？　でも鉄漿をつけていらしたでしょう」

「ああ、なんだ。鉄漿だけじゃ、なんともいえませんよ。あのお歳なら、独り身でも鉄漿をつけている人がいますからね」

俗に鉄漿は引眉と共に貞節の証とされており、およその女は夫婦の契を機につけ始める。ただ、鉄漿には虫歯を防ぐ効能もあるため——はたまた見栄も手伝って——中年増、大年増になると、独り身でもつけている女がいなくもない。

「もしもお独りなら、やもめなのやもしれませんよ。亡くした旦那さまを、今も想っていらっしゃるのやも」

「いや、でもあの人は——」

言いかけた九之助は、少なからず伊麻とかかわりがあるようだ。

「あの人はなんなんですか？」

「いえ、なんでもありません。はあ……聡一郎さんか、修次さんがお相手だったら面白いのに」

まったく下世話な男だよ——

戯作者だからだろうか。あけすけに男女の仲を面白がる九之助に、咲はますます苛立った。

と同時に、九之助から嫉妬が感ぜられぬことから、伊麻への執着は恋心ゆえではないらしいと推し量って、何やら興を覚えた。

けれども、この手の男にはかかわらない方がいい――

そう判じて、咲は好奇心を押しとどめ、九之助に暇を告げた。

「じゃ、私ももうお暇します」

有無を言わせず、伊麻を真似てちょこんと形ばかりのお辞儀をすると、咲は日本橋へ足を向けたが――

「ああ、ちょっとお待ちを！　これを――これを見てください、お咲さん」

追いすがる九之助が、懐から財布を取り出した。


そろりと、人目をはばかるように、九之助は財布から紙切れを覗かせた。

「それが何か？」

「ええと、こちらなんですが……」

二つ折になった紙切れを、九之助はこれまたもったいぶってゆっくり開く。

御札であった。

並の御札と違って、文字だけでなく、下に神狐と思しき獣の絵が描かれている。神社の名であろう「三」と「神社」は読めたが、間の一字を咲は知らない。

「これがどうしたってんです？」

「どうって——その、なんともありませんか？」

「一体なんだってんですか？　つまらない冗談に付き合ってる暇はないんですよ」

とりとめない九之助の振る舞いに、いい加減、堪忍袋の緒が切れそうである。

じろりと睨みつけると、九之助は困った笑みを浮かべた。

「いや、これは失敬。あははははは」

「あははは、じゃありませんよ」

「どうもすみません」

ぺこりと頭を下げて、九之助は素直に謝った。

「これは忍藩にある、三峯神社の御札でしてね。狐除けの御札なんです」

「狐除け？」

狐と聞いてとっさにしろとましろが頭をよぎったが、九之助の目的が咲にはいまいち解せない。

「この犬は、実は狼（おおかみ）なんです」

「はあ……てっきり狐かと」

「とんでもない。三峯神社は倭健命（やまとたけるのみこと）が三峯山に登り、伊邪那岐（いざなぎ）、伊邪那美（いざなみ）の二神を偲（しの）んで祀（まつ）ったのが始まりだといわれています。その折に、倭健命を山へ案内したのが狼だったそうで、三峯神社では狐ではなく狼が神さまの遣いとして、伊邪那岐命、伊邪那美命と共に祀られているのです」

「さようで」

「狐は犬、殊に狼を嫌うことから、三峯神社の御札は狐除けになるそうです。この御札はつい先日、忍藩を訪ねた友人に頼んで持ち帰ってもらった、貴重な御札なんですよ」

「ですが、それをどうして私に？」

「それはですね……ええとつまり、お咲さんがその、化け狐じゃないかと、ちょいと確かめたくて……」

「なんですって？」

　思わず声を高くした咲に、九之助がたじたじとなる。

「ほ、ほら、だって、名前が……いや、まさかとは思ったんですけどね。尾崎狐（おさききつね）は江戸には——荒川（あらかわ）よりこっちには、入って来られないといわれていますから」

「莫迦莫迦しい」と、咲は一蹴した。

咲でも知っている尾崎狐は「尾先」や「尾裂」などとも表される妖狐である。

霊獣である九尾の狐――九尾狐――の尾から生まれただの、尾が裂けているだのと、その出自や姿には諸説あるものの、主だった逸話では家に憑き、鼠のごとく増えることから、子を養うために憑いた家を繁栄させるといわれている。

とはいえ、良いことばかりではなく、家に運ばれた金銀が盗まれたものであったり、家人が恨みに思う者に勝手に憑いて熱病や奇行を促したりと、世間では疎まれることの方が多い。婿や嫁に出した者にもついていくため、狐憑きの家は縁組に苦労して、一度は増えた財もやがて食い潰されるとも聞いている。江戸に入って来られないという所以は、王子稲荷神社に関東八州の狐の長がいるかららしい。

「私の名は『さき』で『おさき』じゃないよ。でもって、さきはさきでも花開く『咲』さ。大体、世間にどんだけ『おさきさん』がいると思ってんだい？　まさか『おさきさん』は皆、尾崎狐だと疑ってんのかい？」

遠慮を忘れて、咲はいつもの口調に戻って言った。

「ま、まさか」

咲の語気に押されてうろたえた九之助へ、咲は畳みかけた。

「じゃあ、どうして私を疑ったのさ？」

「そ、それはその、なんとなく――」

「なんとなく？」

「え、ええ。ああでも、どうかそう怒らないでくださいよ。悪気はなかったんです。私は狐が――殊に妖狐が大好きなんです」

「なんだって？」

「子供の頃から、狐が気にかかって仕方ないんです。ゆえに此度も、つい一縷の望みを抱いてしまったんですよ。狐好きが高じて、筆名も実は狐魅九之助と申しまして、本も古今東西の狐の話をもとにしたものを多く書いております」

狐魅というのは、清国の言葉で妖狐を意味するのだと、九之助はそこはかとなく得意げに言った。

「清国には他にも、狐妖、狐仙、狐狸精、阿紫といった異名があるとか。九之助は無論、九尾狐にあやかってつけた名です」

「でまかせを言うんじゃないよ」

「でまかせなんかじゃ」

「だって、おかしいじゃないか。妖狐が好きなら、どうして狐除けの御札なんか持ってんのさ？」

「妖狐を見破るためですよ。化け狐や狐憑きは、この御札を嫌がるでしょう。ですが、逃げられてしまっては元も子もありません。ゆえに、正体が判ったら、すぐさま御札を破るつもりです」

「御札を破る……？」

「ええ。御札を破ることで、私が味方だと知らせるのです」

良案だろうとでも言いたげに、これまた九之助はやや得意げに胸を張る。

「莫迦莫迦しい」と、咲は繰り返した。「妖狐なら、御札を持ってる人には、はなから近付かない――いや、近付けないいんじゃないのかい？　魔除けってのは、そういうもんだと思ってたよ」

「……なるほど」

しばしきょとんとしたのち、九之助は顎に手をやって大真面目に頷いた。

「御札を持っている者には、はなから近付かない、近付けない……うん、そういうことも考えられるか。こりゃ困ったな」

怒りを通り越して、咲は内心呆れ返った。

九之助に悪気がないのは本当らしい。このような狐好きに出会ったのは初めてで、九之助こそ「面白い」と思わぬでもなかったが、この男の勘は侮れない。「なんとなく」でも九之助が己を疑ったのは、神狐の化身であるしろとましろと親しくしているからではないかと咲は案じた。

やっぱり、かかわらないに越したこたない——

「とにかく、いい加減にしておくれ。まだしつこくするってんなら、番屋に駆け込むからね」

「あ、いや、そいつはどうかご勘弁……」

「なら、私はもう行くよ」

眉根を寄せて、怒った振りを貫きながら、咲は日本橋へ足を向けた。

橋の途中で振り向くと、九之助がとぼとぼと通町を南へ歩いて行くのが見える。

やれやれ……

ほっと胸を撫で下ろしたのも束の間、日本橋を渡った北の、越後屋(えちごや)に差しかかった辺りで、己の名を呼ぶ声を咲は聞いた。

すわ九之助が戻って来たのかと、睨みを利かせつつ振り返る。

が、此度小走りに追って来たのは修次だった。二人の声はさほど似ていないが、やや遠くからの声がけだったがために、聞き誤ったようである。

「なんだ。修次さんか」

「なんだ、とはあんまりだ」

微苦笑を浮かべて修次は言った。

昨日のことのように思えるが、桝田屋の前で別れてからまだ一刻と経っていない。

「噂をすれば影だね。さっき、あんたのことを訊かれたんだよ」

「九之助にか？」

「九之助さんを知ってんのかい？」

「まぁな。実はそのこともあって、急いで追って来たのさ」

修次曰く、桝田屋の前で思い立って、しろとましろの後をつけてみたものの、四半里もゆかぬうちに見失ってしまったという。

「桝田屋に戻るのはなんだか決まりが悪ぃし、お咲さんも長居はしねぇだろうしな。運が良けりゃあ、瑞香堂でまた会えるだろうと踏んだんだ」

だが、瑞香堂の手前で、咲と伊麻が連れ立って出て来るのが見えて、修次はとっさに物陰に隠れた。

「女同士でも、連れがいるなら邪魔しちゃ悪ぃからな」

咲たちが通町の方へ歩いて行くのを見送ってから、気を取り直して瑞香堂に近付くと、今度は飛び出すように九之助が出て来て、またしても修次は身を隠した。

「やつとは顔を合わせたくなくってよ……けど、どうもやつはお咲さんたちを追って行った気がして、今度はやつをつけることにしたのさ」

案の定、しばらく咲たちの様子を窺っていた九之助は、日本橋の袂に着く前に、伊麻を呼び止めた。用があったのは伊麻だったのかと、修次が安堵（あんど）したのも束の間、伊麻はさっさと行ってしまい、九之助は咲と話し始めた。

「冷や冷やしたぜ。お咲さんのことだから、平気だろうと思っちゃいたが……」

話しながら、修次は咲を御堀沿いから、竜閑橋（りゅうかんばし）の方へいざなった。

どうやら、松葉屋では——人気（ひとけ）のあるところでは——話しにくいことらしい。

「九之助さんとは、瑞香堂で会ったばかりなんだけど、随分厚かましいお人だね。あんたとの仲も訊かれたけれど、もしや修次さんも化け狐かと疑われたのかい？」

「ってぇこた、お咲さんも？」

頷いて、咲は九之助との成りゆきをかいつまんで修次に明かした。

「あの野郎……」

苦虫を嚙み潰したような顔をしてつぶやくと、修次は咲に謝った。

「すまねぇ。それもこれも、俺がうっかりしてたからだ」

「どういうことだい？」

竜閑橋の手前で足を止めると、通りゆく人々に聞こえぬよう、咲たちは声をひそめた。

修次が九之助に出会ったのは長月の終わりで、半月ほど前のことだった。

「その前に——ほら、のちの月見はお咲さんちの長屋で過ごしたろう？　俺ぁあの日、別の月見にも誘われててよ。結句、そっちに行けなかったから、翌々日、改めて宴に誘われたのさ」

のちの月見は十三夜だが、二日後の十五日は満月だ。月明かりの下で盛り上がった宴の席で、修次はふと「狐の化身」を話の種にしてしまった。

無論、件の稲荷神社のことや、しろとましろのこと、二人が神狐の化身だろうと信じていることまでは明かさなかったが、皆しばらく百物語のごとく、狐の逸話や怪異をそれぞれ話して楽しんだ。

「その宴に来ていた歳永さんってお人が九之助の知り合いだったみてぇで、後日、歳永さんから話を聞いたと、九之助がわざわざ訪ねて来たんだ」

九之助は修次自身を疑うことはなかったが、修次が話の発端だったと聞いて、妖狐や狐憑きに「心当たり」があるのではないかと問うてきた。

「酒の席での話だからととぼけたんだが、やつはしつこくてな。狐除けの御札を置いて行こうとするもんだから、断ったら、ますます疑われる羽目になっちまった。『心当たり』があるから、でもってそいつに情があるから、御札を断るんだろう、ってな」

妖狐や狐憑きを脅かすつもりはないと、九之助は修次にも熱心に説いた。狐好きとして、ただ本物かどうかを見極め、味方に——あわよくば友に——なりたいのだ、と。

——害をなそうというんじゃありません。修次さんも同じでしょう？　本物かどうかさえ見極めたら、御札は破ってしまえばいいんです——

「そう言われてもよ。狐除けの御札なんか、持ってるだけでしろとましろに避けられちまうと思ってよ。お前は押し売りか、金の亡者かと難癖つけて、急いで九之助を追い払ったんだ。実際、やつは殊に尾崎狐の話に夢中だったから、味方だ友だなんて言いながら、本音は尾崎狐にあやかって、成り上がりてぇだけだろう」

修次も戯作者・狐魅九之助の名は知らなかった。だが、本好きの修次の仲間曰く、九之助は売れっ子ではないものの、その作風を好む好事家が幾人かいて、暮らし向きは悪くないらしい。

「やつは此度、十枚も御札を仕入れたそうだ。破っちまえば効き目はねぇと、やつは信じているみてぇだが、そもそも狐狸妖怪(こりようかい)ってのは、御札を持ってるやつには近付かねぇと思うのよ。御札──つまりお守りや護符ってのは、そういうもんだろう」

修次も御札に関しては、咲と考えを同じくしていた。ゆえに、しろとましろが──もしもいるなら、他の妖狐や神狐も──九之助に近付かぬよう、修次はあえてそのことは口にしなかったという。

「そうか……すまないね」と、今度は咲が修次に謝った。

「うん?」

「あんたほど気が回らなくて、さっき下手(へた)を打っちまったよ」

御札についてのやり取りを話すと、修次は咲の予想に反して、寄せていた眉根を開いて苦笑を漏らした。

「そら、仕方ねぇ。それにしても『おさきさん』だから尾崎狐たぁ……ふふっ」

「笑いごとじゃないよ」

「うん。名前だけで決めてかかったんじゃねぇだろう。やつはお咲さんが俺と知り合いだと知ったから──でもって、『おさきさん』だったから疑ったのさ。いやはや、これはこれで面白ぇや、あはははは……」

「もう!」

修次の笑い声を聞くうちに、九之助への腹立ちは収まってきた。

無礼で厚かましく、また、金が目的やもしれないが、狐にかける九之助の熱意は本物で、真面目な分、滑稽でもある。とはいえ、修次のように笑う気にはなれないが、己も修次と同じく、九之助を「面白い」と思ったことは否めない。

「けどよ、お咲さん、あいつの勘は侮れねぇぜ」

ひとしきり笑ってから、修次が言った。

「御札の話をした後、帰りしな、やつはあの稲荷のことを問うてきたんだ」

――ところで、修次さん。和泉橋の近くに稲荷神社があるのをご存じですか？――

不意打ちのごとく問われた修次は、とっさに嘘はまずいと判じて、精一杯さりげなく頷いた。

――ああ、知ってるよ。俺ぁ、神田に住んでそこそこになるからな――

――そうですか。私は江戸に出て来て五年ほどですが、朱引の中の稲荷神社は概ね訪ね尽くしています。ですが、あの神社はつい先日まで知りませんでした――

――そうかい。あすこは小さい上に、柳に隠れているからな――

――ええ。けれども、神狐はさておき、鳥居や社は大分古いものです。いつ頃、誰が建てたものかご存じですか？――

――いや、知らねぇな――

咲たちも、件の稲荷神社は昨年の秋、おそらくしろとましろの依代(よりしろ)である真新しい神狐の像が置かれるまで知らなかった。双子は咲たちには気を許しているように見えるものの、勝手に見分けられることを嫌い、「お遣い」はいまだ秘密である。

狐狸妖怪の類(たぐい)は、正体を知られると去ってしまうことが多い――という修次の考えに基づいて、あまり詮索(せんさく)せぬよう努めてきただけに、九之助のせいで双子がいなくなっては業腹だ。

「あいつがなんで、稲荷の話を持ち出したのかは判らねぇ。しろとましろを知ってる様子はなかったが、何か勘付いているとしたら厄介だ。もしもあいつが二人の正体に気付いたら――それと疑っただけでも――きっと追っかけ回すに違ぇねぇ」

「そうだね」

「しろとましろのためにも、用心してくんな。君子危うきに近寄らず――とにかく、やつには近付かねぇこった」

「そうするよ」

頷いてから、咲はじろりと修次を睨んだ。

「けど、あんただって人のことは言えないよ。勝手にあの子らをつけたりして……あの子らばかりか、稲荷大明神さまのお怒りに触れたらどうすんのさ？」

「す、すまねぇ。なんだかふと、出来心が湧いてきて……」

「出来心ねぇ？」

わざとつっけんどんに言ってから、咲はにやりとしてみせた。

「私はまた、お伊麻さんを追っかけてったのかと思ったよ」

「とんでもねぇ。いくらなんでも、人妻の尻を追っかけるような真似はしねぇさ。まして
てや、お咲さんと一緒の時によ」

ほんの束の間に、修次は伊麻の鉄漿を認めていたらしい。

「そうかい？　お伊麻さんはあんたをご存じだって言うから、てっきり」

「て、てっきりたぁ、なんだ。俺ぁお伊麻さんとは、誓ってなんもねぇぜ。桝田屋で今日初めて見かけたお人で、名前もたった今、お咲さんから聞いて知ったばかりだ。間違ぇねぇよ。あの手の女は一度会ったら忘れやしねぇ」

「ふうん……」

咲がにやにやすると、余計な一言に気付いたらしく、修次はしまったという顔をした。

「こ、小間物好きなら、あちらさんが俺の名を知っていてもおかしくねぇ」

「そうだねぇ」

　もっともらしく頷くと、修次はわざとらしく舌打ちした。

「ちぇっ。稲荷大明神さまより、お咲さんの方がよっぽど怖ぇや……」

「なんだって？」

　再び咲は修次を睨みつけたが、形ばかりだ。

　修次が伊麻ではなくしろとましろをつけて行き、伊麻とは「誓ってなんもねぇ」と知って、咲は明らかに安堵していた。

　やっぱりあれは、妬心だったのか――

　戸惑いや気恥ずかしさよりも、自身をからかいたいような気持ちになって、咲はついくすりとした。

「さ、そろそろ帰ろう。――ああ、そうだ。よかったら、うちの長屋に寄って、団子を少し持っておゆき。勘吉お手製の月見団子さ」

「お、おう」

　怪訝な顔をしたのも一瞬で、修次はすぐに嬉しげに、咲が促すままに御堀を離れた。


「おさきさん！　おきゃくさん！」

勘吉が客を知らせに駆けて来たのは、翌日の夕刻だった。

「しゅうじさんじゃないひと。しらないひと」

「……判ったよ。勘吉、ありがとう」

微苦笑と共に礼を言ったところへ、聡一郎が顔を覗かせる。

咲を認めると、聡一郎も微苦笑を浮かべた。やましいことは何もないが、修次が長屋に出入りしていると知られたのは少々決まりが悪い。

夕餉の支度をしていた手を止めて、咲は聡一郎を上がりかまちに促した。

「急にお訪ねしてすみません。注文が入ったので、桝田屋さんにお住まいをお訊きしました」

「注文でも売ることになったのですね？」

「ああ、いや、匂い袋の注文ではないのです」

ばつが悪そうな顔をして、聡一郎は手を振った。

「といいますと？」

「その……お咲さんは昨日あれから、九之助さんと何やら一悶着あったそうですね」

「悶着というほどでは……」

九之助は瑞香堂の客で、瑞香堂は咲の客だ。始めに無礼を働いたのは九之助だが、己も言葉が過ぎたかと、咲はぼんやり昨日のやり取りを思い出した。

「九之助さんは、昨日は日本橋のご友人宅にお泊りになったそうで、今日もうちにいらしたのです。思い返せば無礼が過ぎた、お詫びを兼ねて、お咲さんに何か注文したいとのことでした。できるだけ早く、お詫びを伝えて欲しいとも言われまして――また、私も少々気にかかっておりましたので、こうして今日のうちに出向いて参りました」

「さようで。ですが――ありがたいお話ではありますが――お断りいたします」

驚きつつも咲がきっぱり応えると、聡一郎は再び微苦笑を浮かべて問うた。

「差し支えなければ、昨日何があったのか教えていただけませんか？」

瑞香堂の客として、聡一郎も多少は九之助のことを知っている筈である。隠すこともあるまいと、咲は正直に昨日の出来事を明かした。

「そうではないかと思っていましたが、やはりそうでしたか」

呆れ顔と声で聡一郎は言った。

「あの人は狐に並ならぬ執着をお持ちですからね。昨日、お咲さんとお伊麻さんがお帰りになった後、矢継ぎ早にいくつか問うて、飛び出して行かれたのです」

――この店にも、錺師の修次さんが出入りしてるんですね？――

――お伊麻さんも、修次さんをご存じのようでしたね？――

――もう一人の方は、「おさきさん」っていうんですね？　おさきさんも、もしや修次さんをご存じで？――

「修次さんのことはともかく、お咲さんの名前を確かめたので、もしやお咲さんを追って行ったのではないかと案じていました。お咲さんの名前は、尾崎狐を思わせますからね。しかし、まさか本当にお咲さんを疑ってかかるとは呆れたものです」

「まったくです」

「そういうお話でしたら、注文をお断りになっても当然です。九之助さんには、私からお伝えしますのでご心配なく。実は私も、同じような目に遭ったことがあるのです」

「聡一郎さんも？」

「ええ。というのも、私も三峯神社の御札を持っているのです」

聡一郎は懐から財布を取り出し、九之助と同じく、中に忍ばせてあった御札を出して広げた。

九之助のものより古いが、同じ三峯神社の御札であった。

「親類が三峯神社の近くに住んでおりましてね。魔除け、厄除けとして、折々に御札をくれるのです。それで、うちの者には皆、護符として持たせているのですが、その話が半年ほど前に、他のお客さまから九之助さんに伝わったのです」

戯作者だからか、好事家に気に入られているからか、九之助は案外顔が広いらしい。

修次の時と同じく、聡一郎と御札の話を聞きつけた九之助は、瑞香堂を訪れて、聡一郎を問い詰めた。

「私がかつて、狐憑きだったのではないか、この御札をもって、尾崎狐を祓ったのではないかと、随分しつこく問われました。そんなことはない、御札はただのもらい物だとお応えしましたが、それからも時折店に現れては、冗談交じりにですが、狐のお話をされるので、私もうんざりしております。いっそ出入りを禁じたいところですが、九之助さんはうちのお得意さまと懇意にされておりまして、またあの人自身も、なんだかんだお買い上げくださるので無下にはできず、今に至ります」

「それは、ご愁傷さまで」

「こりゃどうも。愚痴になってしまってすみません」

「いいえ。それに、九之助さんが修次さんについて問うたことにも、実は訳があったんですよ」

「えっ？」

驚き声を上げた聡一郎へ、咲は修次から聞いた話も明かした。

「……ですから聡一郎さんや私が、修次さんとかかわりがあると知って、余計に色めき立ったんでしょう。――ああ、それから、おそらくあの人はお伊麻さんにも、似たようなことをしでかしたと思うんですよ」

昨日、修次と話すうちに、思い当たったことである。

「お伊麻さんのことは、私も気にかかっておりました」と、聡一郎。「お伊麻さんと九之助さんのご様子から、お二人はお知り合いで、きっと九之助さんが何か無礼をしたのだろうと……いやはや、困った人です。お伊麻さんの足が、うちから遠のかないことを祈りますよ」

「お伊麻さんは、瑞香堂によくいらっしゃるんですか？」

「月に一度ほどですかね。私が顔を合わせたのは、店を継いでからです。父から聞いたのですが、あの方は菊枕をお使いで、初めは菊枕のための菊を求めてうちにいらしたそうです。残念ながら、うちの菊は御眼鏡に適わなかったようですが、ついでにお求めになった沈香はお気に召したらしく、お寄りくださるようになりました」

聡一郎が微笑を漏らすのへ、おや、と咲は思った。

伊麻のことを語る聡一郎の目に、淡くも恋心を見た気がしたのだ。

「今年の菊こそ気に入ってもらえぬかと、仕入れや乾かし方に工夫を凝らしてみたのですが、昨日はお勧めする機会を逃してしまいました」

「それはわざわざ、ご熱心なことで」

「香木屋の矜持がありますからね。それに、私も菊の香りが好きでして、菊枕もそうですが、菊花茶もよく飲みます。店の名も、本当は菊花堂にしたかったくらいなのですが、香木屋なら香の字が入っている方がよいだろうと母が言い、瑞香堂となりました」

「あの……聡一郎さんは、お伊麻さんのことをご存じですか？」

「ご存じ、と仰いますのは？」

　きょとんとした聡一郎へ、咲は慌てて付け足した。

「ほら、半襟の注文をいただいたものですから、昨日は本当は、今少しお伊麻さんとお話しして、お人柄やお好みをお聞きしたかったんですよ。商売の邪魔をしちゃ悪いと思って先にお暇しましたけどね、図らずもしばらくご一緒することになって喜んでいたんです。それなのに、九之助さんの邪魔が入って、結句、お伊麻さんのことは何も訊けないうちにお別れすることになってしまったんです」

「なるほど。しかし、私もあの方のことはまだよく知らないのです。いつもお一人でいらっしゃいますし、つけにせず、都度現金をいただいておりますから、掛け取りもありません。加えて、ご自分のことは、ほとんどお話しにならないので……」

　困った笑みを浮かべて、聡一郎は続けた。

「お住まいは日本橋ではないようですね。後はまあ、鉄漿をつけていらっしゃるから、どこかよいところのおかみさんではないかと想像しております」

「九之助さんは、独り身じゃないかとお考えのようでしたが」

「そうなんですか？」

心持ち身を乗り出して訊ねたことから、聡一郎はやはり伊麻に岡惚れしているらしいと、咲は踏んだ。

「あのお歳なら、独り身でも鉄漿をつけている方もいますからね」

九之助を真似て言った咲の口元を、聡一郎がまじまじと見る。

「……私は面倒臭がりですから、この歳でもつけちゃいませんけどね。世間さまにとやかく言われたくないお人もいますから」

「さようですな」と、思いの外しみじみと聡一郎は頷いた。「私も時として、世間を煩わしく感じます。私は独り身でもちっとも困っておりませんが、この歳で独り身だとどうも肩身が狭くていけません。それに、私が独り身なのも九之助さんが『怪しい』と判じた事由だそうで」

「なんですって？」

「ほら、狐憑きは縁組に苦労するというでしょう？」

「ああ……まったくとんでもない人ですね」

咲が呆れ声を出すと、聡一郎は苦笑を浮かべた。

「ええ、まったくとんでもない人なんです」

日本橋の店主なら、殊に瑞香堂のような店なら縁談がなくもないだろうに、独り身を貫いている理由には興をそそられた。だが、特に信念もなく、成りゆきで独り身で過ごしてきた我が身を振り返り、咲は余計な問いは口にせずに聡一郎を見送った。


匂い袋の変わり種はまず、少し遠目に見た沈丁花の、葉に囲まれた小さめの二つの花の塊を意匠とした。変わり種に加えて、持ち帰った物とそっくり同じ物を、常式の見本とすべく縫う。

桝田屋に納める干支の守り袋の意匠は犬と迷ったが、既にいくつか手がけてきた猿にして、土鈴を模した物を一つ作った。もう一月半もすれば新年で、今年六歳の申年生まれの子供が七歳になるがゆえに、年内には必ず売れると踏んでのことだ。

守り袋も匂い袋も、意匠に迷わずに済み、どちらも小さく縫いやすい。それでいてまあまあいい実入りになるからありがたくはあるが、「慣れ」は禁物である。そっくり同じ意匠や文様は、どうしても後の方の針目が甘くなりがちだ。

――一針一針、気を抜くな。手を抜くな――

親方の弥四郎の言葉を思い出しながら、じっくり匂い袋と守り袋を仕上げると、今度は己の楽しみも兼ねて、咲は新しい財布や巾着の意匠の下描きを始めた。

昼頃から雨が降り始めたが、居職の咲にはさほどかかわりがない。時折聞こえてくる他の居職の住人の物音や、勘吉や賢吉、路の声に、静かな雨音が相まって、いつもより心穏やかに筆が進んだ。

七ツの鐘を聞いて半刻ほどが経ち、そろそろ筆を置こうかという時刻になって、三日ぶりに客を知らせる勘吉の声がした。

「おさきさん！　おきゃくさん！」

雨天の中、誰がわざわざ訪れたのかと急いで戸を開くと、勘吉の後ろに傘を手にした大工の小太郎が立っている。

「ありがとさん。濡れちまうから早くお帰り。小太郎さんも、どうぞ中へ」

勘吉を帰して、小太郎を家の中へ促すも、小太郎は小さく首を振った。

「お雪さんからの、言伝を届けに来ただけですから」

妹の雪が落とした財布を小太郎が拾ったことが縁になり、少々行き違いがあったものの、二人は年明けに相思の仲となった。以来、ささやかな文のやり取りや逢瀬を重ねて、文月の藪入りでも二人きりの浅草散策を楽しんだようである。

「雪に会ったのかい？」

「え、ええ。今日は雨のおかげで昼から暇ができやして、少しでいいからお雪さんの顔を見られないかと、浅草に行ったんです」

小太郎は六尺近い長身でありながら、路に「ごぼうのような」と言われるほどの細身で、一見ではとても大工に見えぬ。気立ては良いのだが、これまた豪気な者の多い大工にしては、内気で奥手なところがあった。

「で、雪はなんだって？」

「その……相談ごとがあるから、近々立花へ来てくれないかと」

「相談ごと？　一体なんだい？」

「そ、それは、お雪さんにお訊ねください。じゃ、俺はこれで。お邪魔しました」

早口に言うと、小太郎は咲の返答を待たずに踵を返して、そそくさと帰って行った。

――雨は六ツ過ぎには上がったものの、翌朝はまだ道がややぬかるんでいた。

だが、雪の言伝が気になって、咲は昼前に浅草へ向かった。

雪が奉公している旅籠の立花は、浅草は三間町にある。

表には番頭の茂兵衛がいて、咲に気付くと、すぐに雪を呼びに行ってくれた。

邪魔にならぬよう裏口へ向かうと、ひとときと待たずに雪が現れ、中にいざなう。

「いいのかい？」

「うん。女将さんがそうしなさいって……」

雪が寝起きしている奉公人の相部屋で、向かい合って座り込む。

両手を結んで膝に置いた雪はいつになく真剣な面持ちだ。

まさか、身ごもったんじゃないだろうね――？

咲の弟にして雪の兄の太一の祝言があったため、雪は文月の藪入りでは朝から昼までの半日のみを小太郎と過ごした。雪と小太郎に限ってという思いはあるが、年頃で相思の男女なれば、いつ何時情を交わしても不思議ではない。

「なんなのさ？　私を呼びつけるほど大事な話なんだろう？」

「呼びつけるなんて……」

「早くお言いよ」

歯切れの悪い雪をじっと見つめて急かすと、覚悟を決めたように雪は頷いた。

「あのね、先だって、源太郎さんが棟梁さんと揉めたんですって。源太郎さんは今までも時々、棟梁さんと反りが合わないことがあったみたい」

源太郎は小太郎の兄である。

小太郎の話ではないのかと、内心首をかしげながら、咲は続きを促した。

「うん、それで？」

「それで、年明けに小太郎さんのお礼奉公が終わるから、睦月の藪入りをもって、源太郎さんと小太郎さんは、今の棟梁さんから離れるんですって。でもって、他の棟梁さんにつくよりも、いっそ兄弟二人で新しい一家を築いていこうと話しているんですって」

「……それで？」

「それで、源太郎さんには、私たちよりもずっと前から言い交わした人がいて、次の藪入りで祝言を挙げて、新しい門出を共にするんですって。それで……それで、どうせなら、私たちも……その、私と小太郎さんも」

「一緒に祝言を挙げようってんだね？」

咲が言うと、雪はこくりと頷いた。

伯母になり損ねた落胆がなくもなかったが、祝言とて降って湧いた吉報だ。

「いい話じゃないか」

胸と目頭が熱くなり、不覚にも声が震えた。

「とびっきりの知らせだよ」

「お姉ちゃん……」と、雪も声を震わせ、目頭に手ぬぐいをやる。

「――で、相談ごとってのはなんなんだい？　祝言の段取りかい？　嫁入り衣装の仕立てかい？　入り用なら、源太郎さんの嫁さんの分も縫ったげるよ。ああ、まずはあちらさんに、顔合わせを兼ねてご挨拶にお伺いしなくちゃならないか。それなら、日取りはあんたたちに任せるよ。いつでもいいからね。私は融通が利くからさ」

太一の祝言を思い出しながら矢継ぎ早に言うと、雪は一瞬ののち、笑い出した。

「もう、お姉ちゃんたら！」

相談ごとというのは祝言そのもので、雪はともかく小太郎は、先行き不安な折に雪と一緒になることや、咲の許しを得られるかどうかなど、思い悩んでいるらしい。

「小太郎さんの心配は判らないでもないけどさ。あんたの肚は決まってるんだろう？」

「うん……私は先行き不安な折だからこそ、小太郎さんと一緒になりたい。小さなことでもいいから、小太郎さんの傍で力になりたいの」

「だったら、私に否やはないよ」

即座に応えると、雪は再び手ぬぐいを目にやった。

「お姉ちゃんなら、きっとそう言ってくれると思ってたけど……直に聞くとやっぱり嬉しい。……ありがとう、お姉ちゃん」

「もう、泣いて笑って、また泣いて……あんたってば相変わらずだね」

「お姉ちゃんもね。相変わらずのせっかちよ」

手ぬぐいの下で雪がくすりとしたところへ、女将の裕が自ら茶を運んで来た。

源太郎と小太郎の二人なら仕事にあぶれることはなさそうだが、何分二人は「大工一家」をまとめるにはまだ若い。また、立花と雪の双方が望んでいることとして、雪には小太郎と夫婦になったのちも、通いで働いてもらうつもりだと裕は言い、咲はこれにも無論否やはなかった。

立花を出ると、咲は仲見世の方へ足を向けた。

嬉しい知らせを分かち合うべく、仲見世の裏手にある菓子屋・はまなす堂で、長屋の皆の好物の金鍔を買おうと思ったのだ。

が、すぐに思い直して踵を返す。少しでも早く長屋へ戻るべく、土産は道中の両国広小路で買うことにする。

睦月の藪入りまで、ちょうど三月だ。

短いような、長いような――

祝言の支度をあれこれ考えながら、咲はいつになく浮き浮きとして、諏訪町から御蔵前、瓦町、茅町を通り抜けた。

ふと、呼ばれた気がして咲は振り返った。

目を凝らすと、二つの藍色の塊がみるみる人の形になる。

「咲！」

「助けて、咲！」

駆けて来るしろとましろの背後に、二人を追う男の姿が見えた。

九之助だった。

「咲、逃げて！」

「一緒に逃げて！」

訳を問う間もなく、しろとましろに急かされて、咲は裾を持ち上げ走り出した。

双子に促されるまま、神田川の手前を東へ折れて、浅草橋ではなく柳橋から神田川を渡った。両国広小路に出ると、人混みに紛れながら、米沢町から馬喰町へと逃げる。

――と、三丁目の角を西へ折れたところで、伊麻とばったり顔を合わせた。

「あら、お咲さん」

「追われてるんです。九之助さんに」

九之助の名を聞いて、伊麻はすぐさま手招いた。

「こちらへ。早く！」

伊麻が案内したのは旅籠だった。

飛び込むように暖簾をくぐると、目を丸くした番頭へ伊麻が言う。

「ならず者に追われているのです。裏口をお借りしますね」

番頭が頷くと、伊麻は先に上がって草履を手にした。

「裏口から出ましょう」

咲たちも草履を持って、勝手知ったる様子の伊麻の後ろに続く。

双子が廊下をきょろきょろと興味深げに眺めながらゆくのを咲が追い立てて、裏口から路地へ出ると、伊麻は辺りを窺いつつ、今度は近所の長屋にいざなった。

「あの人はしつこいから、しばらくうちに隠れているといいわ」

伊麻の家は、咲と同じく二階建ての一軒だった。

草履を脱いで上がりかまちから座敷に上がると、双子は口々に言った。

「あいつ、おいらたちの守り袋を取ろうとしたんだ」

「触るなって言ったのに、取ろうとしたんだ」

「そうだったのかい」

二人が九之助から逃げていたのは、てっきり九之助が懐に忍ばせている件の御札のせいだとばかり思っていた。

双子の守り袋は着物に合わせた藍染の小袋で、稲荷神社の神紋に多い「抱き稲」が瑠璃紺の糸で縫い取られている。

「あら、それは抱き結び稲ね。伏見稲荷の御神紋と同じだわ」

伊麻が言うのへ、しろとましろは嬉しげに頷いた。

「おっかさんが作ってくれたんだ」

「おいらたちのために作ってくれたんだ」

「あら、おっかさんて――」

伊麻が己を見やるのへ、咲は慌てて手を振った。

「私じゃありませんよ。この子らはちょっとした知り合いなんです」

「すみません。守り袋の刺繍がお上手だからもしかして、と」

微苦笑を浮かべて、伊麻は双子の方を向く。

「こんな守り袋を作ってくれるなんて、あなたたちのおっかさんは信心深くて、心温かい人ね」

「うん、あったかい」

「おっきくてあったかい」

にこにこして双子が応えると、伊麻も目を細めて茶瓶を手に取った。

「少し早いけど、おやつにしましょう。いただき物のお饅頭があるの」

茶を淹れるべく、伊麻が隣りの家にもらい湯に行く間、部屋をぐるりと見回した咲は、戸口の上に貼ってある三峯神社の御札に気付いた。

振り返ると、しろとましろも部屋の中を見回している。

「あんたたち……」

なんともないのかい？——と、九之助に問われたことを咲も問いそうになる。

「なんだよぅ？」

「おいらたちがどうしたんだよぅ？」

眉根を寄せた双子へ、咲は小さく首を振った。

「ああ、いや、なんでもないよ」

狐除けの御札があっても平気なら、この子らは本当は人の子なのかね……？

それとも、妖狐と神狐じゃ御札の効き目が違うのか……

戻って来た伊麻が茶筒から取り出したのは、茶葉ではなく菊花で、伊麻はそれを茶瓶ではなく茶碗に五つずつ入れた。四つの茶碗にもらって来た湯を注ぐと、乾いてしぼんでいた菊花が茶碗の中で花開く。

「わぁ……花が咲いた」

「菊が咲いた」

茶碗を見つめて双子が微笑む。

花が開くにつれて、ほんのりと甘い香りが漂い始めて、咲もほっと笑みをこぼす。

「いい匂い」

「甘い匂い」

「菊花茶は魔除けのお茶よ」と、伊麻。「邪気祓いにもなるから、きっと九之助さんも遠ざけてくれるわ」

伊麻が言うと、しろとましろは顔を見合わせてから、忍び笑いを漏らした。

「このお茶、魔除けなんだって」

「邪気祓いにもなるんだって」

二人の顔を見る限り、菊花茶も平気なようである。

だが、二人が神狐の化身ならば、「妖狐」や「魔物」と違い、「邪気」とも無縁に違いない。

「熱いから、冷ましながら飲むんだよ」

「はぁい」

「はぁい」

双子は素直に頷いて、それぞれ茶碗を手に取ると、両手で包んで息を吹きかけた。

そんな二人へ温かい眼差しを向けてから、伊麻は言った。

「それにしても、子供の物を取り上げようとするなんてひどいわ。九之助さんは、実は並ならぬ狐好きなんです。この子たちの守り袋に目を留めたのは、伏見稲荷の御神紋が縫ってあるからだと思います」

「そのようですね」

「あの人は狐の中でも殊に妖狐に関心があるようで、私が狐除けの御札を持っていることや、菊花茶を飲んでいることを知って、前に随分しつこくされたのです」

「お伊麻さんがかつて狐憑きだったんじゃないか、妖狐や狐憑きをご存じなんじゃないかとですね？」

驚き顔になった伊麻に、咲は先日の九之助とのやり取りに、修次や聡一郎から聞いた話を加えて明かした。

「修次さんのことを訊きたいって、そういうことだったんですね。『面白い』と言っていたのも、ご自分が疑った人たちが、つながっているように見えたから……」

咲と伊麻が話す間、しろとましろは菊花茶をちびちび飲みつつ、伊麻が出してくれた饅頭を食んでいる。

伊麻は高崎宿の出であった。

「実家は小間物問屋で、店は弟が継ぎました。私は小間物好きが高じて髪結になり、江戸の小間物屋を回りたくて、四年前、二十七歳の時に江戸に来ました」

とすると、江戸に出て来た折は咲と同い年、今は三十一歳で、美弥と同い年ということになる。

「それに、郷里では、どうも独り身は肩身が狭くて……」と、伊麻は苦笑を漏らした。

「というと、もしやお伊麻さんはお独りなんですか？」

「はい。高崎よりましですけれど、江戸もなかなかうるさいですわね。江戸に来たばかりの頃、先ほどのお宿にお世話になりまして、この長屋もあそこの女将さんが紹介してくださいました。それで、私は今はこの辺りの旅籠のお客さまを相手に商売しているのですが、独り身だとなんだかんだ甘く見られたり、つまらない縁談やお誘いを受けたりするので、鉄漿をつけておくことにしたのです」

旅籠や長屋の者も口裏を合わせているため、ちょっとした知己だと伊麻を人妻だと思い込んでいるらしい。

伊麻が九之助と出会ったのは三月ほど前で、九之助と知り合いになった伊麻の知己が、伊麻が三峯神社の御札を家に貼り、財布にも忍ばせていることを話したからだ。

「じゃあ、修次さんや聡一郎さんと同じような……？」

「ええ」

知己を通して伊麻の長屋を訪ねて来た九之助は、瞬く間に伊麻と長屋の皆の不興を買って、すごすごと帰って行ったそうである。

「噂を聞く限り、悪い人ではないようなんですが、悪気がないからって、狐憑きだの尾崎狐だのと騒がれては、長屋も旅籠も迷惑です。でも、修次さんは御札を持ってもいないのに、とんだとばっちりでしたわね。お咲さんも……私はお名前しか存じていませんでしたけど、お咲さんは修次さんとお親しい間柄ですのね？」

返答に迷った咲の傍らで、それぞれ茶碗を置いてしろとましろが口々に言う。

「そう。咲と修次は仲良しこよし」

「うん。二人はとっても仲良しこよし」

「こら、あんたたち！」

たしなめた咲はふと、八つもあった饅頭が二つしか残っていないことに気付いた。

「あんたたち――」

「だって、お腹が空いてたんだ」

「朝餉を食べたきりだったんだ」

私だって朝餉を食べたきりだってのに――

八つ当たりだと判っていたが、急に空腹を覚えて咲がむっとすると、双子はささっと立ち上がる。逃げるようにして草履を履いたが、土間で振り返り、二人揃ってぺこりと伊麻へ頭を下げた。

「助けてくれてありがとう」

「ありがとう」

「美味しいお茶、ご馳走さま」

「美味しいお饅頭も、ご馳走さま」

「どういたしまして。でも、九之助さんには気を付けるのよ。まだ近くにいるかもしれないわ。見かけたら、すぐに戻っておいでなさいね」

「うん。でも、きっと平気」

「菊のお茶を飲んだから、平気」

にっこりとした双子に伊麻も顔をほころばせると、しろとましろは元気よく表へ駆け出して行った。

続く四日を、咲は伊麻の半襟を縫って過ごした。

意匠は下描き通りだが、花を縫うのに、胸元に近い方は深みのある黄梔子色の糸を主に使い、上の襟元に近くなるにしたがって黄色を薄くして、香り立つ様子を表した。

四日前、しろとましろが帰った後も、咲はしばし伊麻とおしゃべりを楽しんだ。

聡一郎も菊を好み、菊花茶をよく飲んでいることを伝えると、伊麻は興を覚えた様子で頷いた。

――道理で、初めてお目にかかった時から、なんだか心安いと思っていたのです――

それは一目惚れのようなものではないかと思ったが、菊枕のことと合わせて黙っていることにした。伊麻に気に入ってもらえるよう、菊に工夫を凝らしていることは、またの折に聡一郎が直に伊麻に伝える方がよいだろう。伊麻が独り身なら尚更である。

話のついでに、伊麻から菊の意匠の小間物も少し見せてもらった。髪結ゆえに、集めた小間物には簪や笄、櫛が多いそうで、菊の簪と櫛の他、つい最近買い求めたという香炉があった。

実家からの仕送りも多少はあるそうだが、伊麻は髪結で充分稼いでいるようだ。勝手に大店のおかみか娘、囲われ者などと、人の稼ぎで暮らしているのだろうと想像していたことを、咲は恥じ入った。

二十日の朝に半襟を仕上げて、咲は昼下がりに日本橋に向かった。

桝田屋で伊麻に出会ったことを話すと、美弥は伊麻が髪結で、独り身だとも知っていた。初めて伊麻が訪れた際、伊麻をよく知る得意客が一緒だったからである。ただ、伊麻や得意客から口止めされていたがゆえに、咲には知らぬととぼけたという。

「ごめんなさいね、お咲ちゃん」

「いえ、隠しておきたい気持ちも判りますから……」

十日前と同じく、咲は桝田屋を辞去したのち、瑞香堂へ向かった。

瑞香堂の暖簾をくぐると、内側から戸が開いて修次と鉢合わせる。

「修次さんも来てたんだね」

「おう。簪を納めにな」

ふと思いついて、「息抜き」がてら、沈丁花の簪を作って来たという。

「ここで待ってるから、一緒に帰ろうぜ」

踵を返して上がりかまちに座り込んだ修次を横目に、咲は聡一郎にいざなわれて店の奥の座敷へ移った。

修次が納めたばかりの簪を見て、咲は思わず溜息をつく。

「これを息抜きがてらとは、憎たらしい話ですよ」

「ほんに素晴らしい出来です」

聡一郎も嘆息した簪は平打ではなく、沈丁花の花の塊を、玉簪のごとく丸く厚めの透かし彫りにしてあった。

これなら、お伊麻さんじゃなくても、すぐに買い手がつくこと間違いなしだよ——

匂い袋にも相応の褒め言葉をもらったものの、修次の簪はやはり格別だった。

縫箔と銀細工、匂い袋と簪と、比べても仕方がないことは百も承知だ。また、小間物としての己の作品はそう劣っていないという自負もある。とはいえ、修次への評はどこか悔しく、羨ましく——それでいて、友や職人として誇らしくもあった。

伊麻が前金を払った物と、新しく作った変わり種の二つの匂い袋の代金を受け取ると、咲は聡一郎と共に店へ戻った。

と、時を同じくして戸が開き、九之助が顔を覗かせる。

「あ、お咲さん！　こりゃまた奇遇も奇遇だ。先日は、往来で無礼な真似をいたしました。お詫びの注文のこと、聡一郎さんから聞きましたか？　私はあれからなかなか日本橋まで来られなくて、本日やっと叶ったのです。お咲さんには財布を作っていただこうと思って、意匠を描いて持って来ました。――ああ、そうだ。ついでに、あの双子のこともお聞かせくださいよ」

目を輝かせて、矢継ぎ早に言う九之助の前に、咲は上がりかまちから下りて立った。

「注文はお断りします。あなたのような人にはなんにも作りたくありません」

「そ、そんな……先日のことは重ねてお詫び申し上げます。この通り」

そう言って、九之助は深々と頭を下げた。

「お断りします」

「そう仰らずに、どうか――」

「いい加減にしやがれ！」

修次も立ち上がって、食い下がる九之助を睨みつけた。

「修次さん」と、止めたのは聡一郎だ。「お腹立ちなのは判りますが、どうか私に免じて……九之助さん、ここではなんですから、奥へどうぞ」

修次を見て目を丸くした九之助を、聡一郎は出て来たばかりの座敷へ促した。

「修次さんとお咲さんはお帰りください。九之助さんには、私からよくお話ししておきますから」

「いいえ。この際、しっかり話をつけておきとうございます」

帰りたいのは山々だったが、双子のことは釘を刺しておかねばならぬと、咲は聡一郎の厚意を断った。

修次は修次で、咲だけを置いては帰れぬと、結句、今度は四人で座敷に座り込む。

九之助が再び口を開く前に、背筋を伸ばして咲は言った。

「あなた、あの双子から、守り袋を取り上げようとしたんですってね」

「と、取り上げようだなんて……私はただ、もっとじっくり見せて欲しいと——よければ、一つ売ってくれないかと……」

「いいわきゃないでしょう。あの守り袋はあの子たちの母親が、心を込めて作った物なんですよ。あの子たちは、触るなと断ったそうじゃないですか。なのにあなたがしつこくしたから、二人は逃げ出したんです。子供相手に追い剝ぎみたいな真似をして……いくら瑞香堂さんのお客さんでも、もう我慢なりません。あの双子は大事な知己のお子さんなんです。もう二度と、あの子たちに近付かないでください」

やや声を高くしてから、咲は修次と聡一郎の二人に、五日前の出来事を話した。

修次が目を吊り上げるのへ、九之助は額を畳にこすりつける。

「ほ、本当に申し訳ない！　しつこくしたり、怖がらせたりするつもりは少しもないのですが、私は狐のことになるとつい我を忘れて、いつにも増して無遠慮になってしまうようなのです」

「ようなのです、じゃありませんよ。あの子たちが――ううん、あの子たちだけじゃない――お伊麻さんや私だって、どんなに嫌な思いをしたことか。狐好きなのは構いませんよ。ですが、あなたは度が過ぎる」

「そうですよ、九之助さん」と、聡一郎も横から口を挟んだ。「悪気はなくても、不愉快なものは不愉快なのです。あなたは戯作者ゆえに、妖狐だの狐憑きだのを信じているのでしょうが、狐憑きじゃなくたって大成した方はいますし、熱病にかかったり、奇行に走ったりする方もいます。狐憑きなんて、世間からしたら昔話や御伽噺（おとぎばなし）にしか出てこない、ただの幻なんですよ」

「幻だなんてことありませんよ」

身を乗り出して、九之助はむきになった。

「聡一郎さんやお咲さんを疑ったのは誤りでした。修次さんも……ですが、修次さんや他の方だって、それらしい話を耳にしていて、皆それなりに信じているからこそ、話の種になったんですよ。夢や幻じゃないんです。現に、ついおととい私は噂を耳にしましたよ。高崎宿を訪ねた知り合いから聞いたんですが、あすこにはもう三代にわたる狐憑きの店があるそうなんです。それが、驚き桃の木山椒（さんしょ）の木――なんと、お伊麻さんのご実家の……」

「おやめなさい！」

声を荒らげ、聡一郎が立ち上がった。

「もう、うんざりだ！　ただの噂じゃないか！　ただの、くだらん噂に飛びつくあなたやあなたの知人のような者が、どれだけ他の者を傷付けていることか！　お伊麻さんのことは放っておきなさい！　あなたは結句、成り上がりが羨ましいんでしょう！　妬ましいんでしょう！　私はね、一つですがあなたの戯作を読みましたよ。物珍しさはありましたが、それだけです。感じ入るところはなんにもなかった。それも道理です。あなたにあるのは私欲だけだ。人の心が判らぬあなたの本が、売れる筈がありません！」

わなわなと怒りに震える聡一郎を、九之助は呆然として見上げている。

「あの……旦那さま」

襖戸の向こうから店者がおそるおそる顔を出した。

「お伊麻さんがいらしていて、皆さまとお話ししたいと……」

「先ほど桝田屋に寄って、半襟を受け取ったのです。お咲さんが瑞香堂へ向かったと聞いて、一言お礼が言いたくて追って来たのですが、まさか皆さんお揃いとは」

九之助や修次も一緒だと聞いて、伊麻は一度は帰ろうと思ったものの、聡一郎が己の名を口にしながら九之助を怒鳴りつけるのを聞いて、覚悟を決めた。

「うちが、狐憑きだと噂されているのは本当です」

咲たちを見回して、伊麻は言った。

「うちは『白銀屋』という小間物問屋で、店を開いたのは曽祖父です。曽祖父の父、つまり私の高祖父は白銀師で、鎺や目貫を作る片手間に、小間物も手がけていました」

白銀師は刀剣の鎺――刀の上身と茎の境を覆う金具――を作る職人で、目貫や鍔を手がける者もいる。

「曽祖父は次男で、高祖父が作った簪やら笄やらを売り捌くうちに、小間物屋を営むようになったそうです」

曽祖父から祖父の代になって、白銀屋は売上がぐんと増えて問屋となった。だが、店が繁盛するにつれて、心無い噂が広まり始めたという。

「……狐憑きの噂ですね」

聡一郎が言うのへ、伊麻が頷く。

「売り出しや陳列のやり方を変えただけで『奇行』といわれました。奉公人が風邪で寝込んだだけで、『主に睨まれたから』とも。幾人か、怖がって辞めた奉公人もいて、それがまた余計な噂になりました。祖母と祖父が半年の間に相次いで、卒中で亡くなったことや、母がゆきずりの旅商人の娘であったことも……」

旅商人はしばらく具合が悪く、たどり着いた高崎宿でとうとう倒れた。金も身寄りもなく困っていた娘を助けたのが伊麻の父親だった。旅商人——伊麻の母方の祖父——はそのまま高崎宿で亡くなり、娘は伊麻の父親に嫁いで母親となった。

「恩義はあったけれど、それだけではなかったと母から聞きました。母は父の人柄や才覚に惹かれたのだと。ですが、九之助さんがお聞きになった通り、うちは相変わらず『狐憑き』の噂が後を絶ちませんから、弟は嫁取りを諦めています」

——姉貴は江戸に出たらいい。江戸なら、誰かいい人が見つかるかもしれない——

——そうとも、伊麻。せめてお前だけでも噂を忘れて、楽しく暮らしておくれ——

そう、弟と両親に後を押されて、伊麻は江戸に出て来た。

「祖母が尾崎狐だったのか、祖父が狐憑きだったかどうかは判りません。証は何もないのです。うちが御札や菊で祓いたかったのは、尾崎狐じゃありません。くだらない噂をする人たちです。なのに九之助さん。あなたのような人がまた……私もとうに嫁入りは諦めています。ずっと独り身でもよいので、ただ穏やかに暮らしたいだけなのです」

声を震わせた伊麻へ、聡一郎が意を決したように大きく頷く。

「私もです」

「えっ？」

「私も――うちの家もずっと、狐憑きのそしりを受けてきました」

聡一郎はもともとは京の出で、店はその昔は仏具屋だった。

「うちも祖父母の代で店が大きくなりまして、狐憑きの噂が広まってから、嫌がらせが続いて、店は畳まざるを得なくなりました。金はそこそこ残ったので、両親は商売を諦めきれずに大坂へ移り、厄払いと魔除けを兼ねて香木屋を開きました。沈香は厄や魔を寄せ付けないといわれていますから……けれども、うまくいき始めた途端にまた妬まれて、商売敵が京での顚末をわざわざ探って来た挙げ句、同じ噂を流したのです」

結句、一家は大坂の店も畳んで祖母の郷里である近江へ移り、祖父母と妹を看取ってから親子三人で江戸に出て来た。

「妹は風邪をこじらせて亡くなりましてね。両親はこのままでは、私も早死にするのではないかと恐れて、江戸に出ることにしたんです。尾崎狐は、江戸には入って来られないといわれていますからね。忍藩に親類がいるというのは嘘です。三峯神社の噂はかねてから知っていたので、江戸に来る前に、藁にもすがる思いで両親と御札をいただきに行きました。そんな筈はないと思っていても、長年狐憑きだと呼ばれてきたからか、私も両親も、いつの間にやら——時に、もしかしたらという思いに囚われることがありまして……殊に母と私は細目で、狐目だと何度も言われましたから」

「うちもです」と、今度は伊麻が相槌を打つ。「うちも曽祖父と父、私と弟が細目なので、そのことも噂の種になりました」

「でも、お二人とも、目は細めですけれど、狐顔とはいえませんよ」

咲が言うのへ、「そうですよ」と、修次も頷く。

「お二人は顎も耳も尖っていないし、もとより狐は、取り分け細目じゃありやせん」

「しかしながら、こういった些細なことでも、やつらには格好の噂の種になるのです」

聡一郎の言葉を聞いて、咲たちは一斉に九之助を見た。

「あ、いや、私はそんな——その、お二人が狐目だと思ったことはありますが、私は無論、狐目も好みでありまして——兎にも角にも、申し訳ない！」

再び額を畳にこすりつけて、九之助は陳謝した。

「ただ一つだけ、どうか誤解なきよう此度はお聞きください。私は尾崎狐が悪いものとは思っておりません。私はどんな狐も——尾崎狐も、他のどんな妖狐も——皆、瑞獣だと信じています」

「瑞獣……?」と、聡一郎と伊麻のつぶやきが重なった。

「はい。尾崎狐は九尾狐の尾や、九尾狐が化けた殺生石の欠片から生まれたという説がありますが、九尾狐は清国でも我が国でも瑞獣、または霊獣とも神獣ともいわれております。加えて、尾崎は尾の先っぽや、尾が裂けているという字の他に、『御先』と書くこともあり、それはつまり尾崎狐もまた、神の遣いである証かと……」

手のひらに字を書きながら、九之助は必死で訴えた。

「私は下野の生まれですが、父方の祖父は陸奥の出で、私はこの祖父からいくつもの狐の話を聞いて育ちました。祖父は猟師をしていたことがあり、言い伝えや御伽噺の他、実際に見聞きした話も多かった。私も祖父と一緒に山へ行って、この目で直に狐を見かけたことが幾度かありまして、その愛らしさ、気高さ、賢さに、すっかり狐の虜になってしまった次第です。尾崎狐には悪い逸話が多いですが、私はそれこそ、狐の霊験や恩返しを受け取れなかった人々の、妬み嫉みから生まれたものではないかと考えております。私が妖狐を探しているのは、こういった考えの証を立てるためであります」

「ふうん……」

修次が眉根を寄せて疑いの目を向けたのへ、九之助は慌てて付け足した。

「まあ、あの、正直に申しまして、多少は下心——ご利益にあやかりたいという欲がなくもありません。しかし、けして聡一郎さんやお伊麻さんのような方々を苦しめるためではなく、その、私なりに気を配ってはいたのですが……さ、先ほどお伊麻さんのご実家の話をしたのは軽率でした。噂を耳にしたばかりで嬉しくて、また、皆さんがお伊麻さんをご存じのこともあって、つい……け、結句、皆さんにご不快な思いをさせてしまったこと、平にお詫び申し上げます」

今一度ひれ伏した九之助を見て、咲たち四人は見交わした。

思い返せば九之助は、先ほどの「うっかり」を除いて、他の者への疑惑を明かさなかった。九之助が浅慮なことは間違いないが、九之助なりに気を配っていたというのは嘘ではないようだ。むしろ、成りゆきとはいえ、己の方がぺらぺらと三人が疑われていたことを話してしまったと、咲は思わず自省した。

しばしの沈黙ののち、穏やかな声で伊麻が言った。

「お稲荷さんのお遣い狐が瑞獣なのは知っていましたけれど、私たちがそこらのお稲荷さんを訪ねると、また変な噂が立つと思って、私も親兄弟も三峯神社にしかお参りしたことがないのです。それはそれで、やはり狐憑きだったと言われましたがね。――九之助さん、あなたの所業は目に余りますが、尾崎狐も瑞獣だと聞いて少し――ほんのちょっぴりですけれど――胸が軽くなりました」

聡一郎が小さく頷くのを見て、修次も言った。

「うん、狐が瑞獣って考えは悪かねぇ。なぁ、お咲さん？」

「ええ。私はお狐さまは、稲荷大明神さまのお遣いだと聞いて育った口ですから」

皆の手前、咲が澄まして相槌を打つと、九之助がほっと安堵の表情を浮かべた。

◎

今後、軽はずみな真似はせぬよう、四人でそれぞれ、みっちり九之助に説教したのち、聡一郎と伊麻を座敷に残して、咲と修次、九之助は瑞香堂を後にした。

伊麻は匂い袋の他、修次の簪も買って帰るようである。

邪魔者もいなくなったし、後は二人で、ゆっくり菊花茶でも飲んで、話に花を咲かせりゃいいさ――

「なんだかんだ、あの二人はお似合いだと思いませんか？」

なんとなく連れ立って日本橋へ向かいながら、九之助が言った。

「あの二人がくっつけば、これもまた尾崎、いや、瑞獣のご利益――いやいや、これは御札が取り持った、ひいては私の手柄ということも……」

「調子に乗るんじゃないよ」

いつもの口調に戻して咲は言った。

「あの二人はあんたが現れるずっと前——初会から、お互い気になっていたみたいだもの。強いて言えば、菊花——菊の香りがご縁になったような……？　けれども、あの二人が菊を好むようになったのは件の噂のせいで、魔除け、厄除けのためだから、やっぱり瑞獣のご利益といえないこともないか……」

「そうでしょう、そうでしょう」

嬉しげに頷く九之助を、咲は戒めを込めて睨みつけた。

首をすくめてから、九之助はしゅんとした。

「しかし、聡一郎さんの評はこたえました」

——あなたにあるのは私欲だけだ。人の心が判らぬあなたの本が、売れる筈がありません！——

「作中の人物に魅力がないと、常々版元に言われているのです。狐のことを除いても、私はどうも、いつも自分のことばかりで、もっと人の心を知れと、友人にもよく叱られます。これでも前よりましになったと思うのですが、まだまだ至らぬようですね」

「うん、まだまだ、まったく至らねぇ」と、修次は容赦ない。「——けどよ、此度のことはまた、瑞獣のお導きやもしれねぇぜ」

「それもそうか」

合点した顔つきになった九之助の住まいは浅草だそうで、江戸橋から帰るからと、日本橋の手前で咲たちと別れた。

日本橋を渡りつつ、咲は言った。

「やれやれ。これで大人しくなってくれりゃあいいけどね」

「どうだろう？　俺ぁ実は、やつこそが狐憑きじゃねぇかと思ってら」

「九之助さんが？」

「やつの話を聞いて閃(ひらめ)いたのさ。やつがあんなにも狐に執心して、『奇行』を繰り返してんのは、祖父(じい)さんと山に入った折にでも、狐に気に入られて、取り憑かれたからじゃねぇかってな。はたまた、やつに狐のことばかり話して聞かせた祖父さんが、狐憑きだったということもありうるな」

にやりとした修次へ、咲はくすりとした。

「戯作によさそうな落ちじゃないか」

「だろう？　だが、やつは狐除けの御札を十枚も持ってんだよな。とすると、やつが狐憑きってこたねぇか……」

冗談かと思いきや、思いの外真剣な面持ちで、修次は顎に手をやった。

「でも、あの御札は」

効き目があるんだか、ないんだか――

伊麻の家での双子を思い出しながらつぶやいた矢先、越後屋の前の通りを横切るしろとましろに気付いた。

「あの御札がどうしたい？」

「しっ。――しろ、ましろ！」

咲の呼び声に振り向くと、双子は咲たちが近付くまで通りの東側で待った。

「ほぉら、咲と修次は仲良しこよし」

「やっぱり、二人は仲良しこよし」

「ああ、そうさ。俺とお咲さんは仲良しこよしさ」

渋面を作った咲とは反対に、修次は顔をほころばせた。

「お前たちはお遣いか？」

「ううん、江平屋に行くところ」

「お揚げを買いに行くところ」

口々に応えて、しろとましろは胸を張る。

「さっき、お遣いのお駄賃をもらったの」

「うまくいったから、たっぷりもらったの」

「だから、今日は二枚買うんだ」

「いつものお揚げと、おっきいお揚げ」

江平屋は小伝馬町の豆腐屋で、油揚げや厚揚げ――おっきいお揚げ――も売っている。

ひひっと、双子が嬉しげに忍び笑いを漏らしたところへ、路地から犬が顔を覗かせた。

咲たちがはっとしたのも束の間だ。しろとましろは腰をかがめて犬を撫でた。

「……お前たち、犬とも仲良しなのか？」

修次が問うと、双子は揃ってにっこりとする。

「うん、犬とも猫とも仲良しこよし」

「狼とだって仲良しこよし」

狼、と聞いて、咲は再びはっとした。

この子らは、やっぱりあの御札に気付いてた――

「ふうん、犬も狼も怖くねぇのか……」

修次が小首をかしげると、双子はにやにやしながら後ろを向いて囁き合った。

「狼を怖がるのは『……き』くらい」

「こっちの『お……』の方がずっと怖い」

「なんだって？」

己の名を聞いた気がして問うてみるも、双子は咲を見上げて揃ってとぼける。

「なんでもない」

「なんでもない」

犬に別れを告げて歩き出した双子の後を、咲たちも江平屋に寄り道すべくついてゆく。

揃いの背中を二間ほど先に見ながら、咲は口元に手をやって修次に囁いた。

「九之助さんはさ、御札じゃなくて、お揚げを持ち歩きゃあいいのにね」

「ああ。だが、やつには断じて言っちゃならねぇ」

「判ってるよ」

共に忍び笑いを漏らすと、しろとましろが振り向いた。

「なんだよぅ？」

「なんなんだよぅ？」

「内緒」

「秘密」

双子を真似てとぼけると、咲と修次は顔を見合わせて噴き出した。

第二話　猫又（ねこまた）の山

「わぁぁ……！」

目を輝かせて、勘吉がそろりと猫に手を伸ばす。

「そぅっとだぞ」

「まだ、あかんぼうなんだからな」

横から口々に小声で言ったのは、栄太と勇太だ。

二人は六歳と五歳の年子の兄弟で、藤次郎長屋の、通りを挟んだ向かいの長屋に住む節の息子たちである。節には勘吉の弟の賢吉より二月早く生まれた娘の陽もいて、産後の肥立ちが悪かった路の代わりに、賢吉にしばらく乳を飲ませてくれた。

勘吉がまだ四歳ということもあり、賢吉が生まれるまでは長屋で過ごすことが多かった。だが、もらい乳をしたことや、同い年の子供が生まれたことで路と節の親交が深まって、自然と勘吉も栄太・勇太兄弟と遊ぶことが増えた。

此度、節の隣りの家に住む夫婦が、知己の家から子猫を一匹引き取った。栄太と勇太からそのことを聞いていた勘吉にねだられ、咲は路の代わりに早速勘吉を連れて、昨日もらわれて来たばかりの子猫のきびを見に来たのである。

飼い主の澄の膝でくつろいでいたきびは、勘吉が触れるとぴくりと身をよじってこちらを見たが、澄が一緒だからか、すぐに目を閉じて伸びをした。

勘吉は背中をほんの少し撫でてから手を離し、身体をうんと折り曲げて、きびの顔を同じ高さで眺めて目を細める。

「ちっちゃいなぁ……」

「うまれて、まだふたつきだからな」と、栄太。

「かわいいなぁ……」

「きびは、さんびきのなかで、いちばんきりょうよしだったんだって」と、勇太。

「どうして、きびってなまえにしたの？」

この問いには澄が応えた。

「ほら、この子は、ここところこ、ここにも茶色い丸があるでしょう。黍団子みたいで美味しそうだから、きびにしたのよ」

きびは三毛猫の雌で、背中は黒毛が多いが、澄が指さした頭の上と首、背中の黒毛の端に丸い、一寸半ほどの茶毛がある。

「そうかぁ。きびだんごのきびかぁ」と、勘吉はますます目を細めた。

長屋に帰ると、勘吉はいつになく必死に訴えた。

「きびには、おねえさんといもうとがいるんだって。まだ、『もらいて』がいないんだって。おいらもねこほしい。おいらが『もらいて』になる」

「うちは、賢吉がまだ小さいから駄目よ」と、路。「猫だって、子猫のうちは手間がかかるんだから。うちじゃお世話できないわ」

「おいらがおせわする！」

「あんたはまだ、お世話される方でしょう」

「おいらできる！　おせわできるの！」

「もっと大きくなってからね」

「おいらもうおっきいもん！　けんきちよりずっとおっきいもん！」

「ああ、ほら、大きな声を出すから、賢吉が起きちゃったじゃないの」

昼寝から目覚めた賢吉の泣き声につられて、勘吉も泣き出した。

「おいら、おせわできるもん……」

賢吉は路が、勘吉は咲が抱っこしてなだめていると、福久がおやつに誘いに来た。

路と福久の間に住むしまに、由蔵と藤次郎も加えて居職の皆が集まった中、勘吉はぐずぐずしながらも饅頭を食べ、そのまま路にもたれて眠ってしまう。

勘吉を横に寝かせて綿入れをかけてやると、福久が言った。

「勘吉の気持ちも判らないでもないわ。私も昨日、偶然お澄さんを表で見かけてね。ちょうど子猫をもらって来たところだったのよ。もう本当に愛らしくてねぇ」

「でも、うちは賢吉がいるから――ううん、赤ん坊がいなくても、うちの人が駄目って言うと思うわ。猫は好きだけど、お店でも飼うのは御法度だから」

路の夫の三吉は料亭の料理人だ。長屋ではそう凝ったものは作っていないが、朝餉を始め、路よりも台所を使っている。

「そうだねぇ、お路さんのとこはねぇ……けれども、よっぽど気に入ったんだねぇ」

いつもと違い、無念そうにしかめ面で眠っている勘吉を見やって、福久が微笑む。

「きびを驚かせないように、本当にそぅっと撫でていましたよ」

咲が言うと、しまが頷く。

「賢吉やお陽ちゃんで学んだんだろうね。お路さんも三吉さんも、口を酸っぱくして言ってたものね」

「おしまさんやお福久さん、お咲ちゃんだってがみがみ言ってたろう」と、由蔵。

「がみがみ、だなんて。子供は時に加減を知らないから――何かあってからじゃ遅いんですよ。殊によその娘さんには」

「おしまさんの言う通りだが」と、藤次郎。「猫か……懐かしいな。十年ほど前には、たまがいたね」

「そうでしたね」

たまという猫は、以前住んでいた住人が飼っていたそうである。

「新助(しんすけ)さんとお幸(さち)さんが住んでる家の、前の前に住んでた人でね。その人がお亡くなりになった後、たまは親類の人が形見として引き取って行ったのよ」

思い出しながら言う福久は今年五十四歳で、還暦の夫の保(たもつ)と共に、この長屋の店子(たなこ)では一番の古株だ。

「あの子猫はきびって名前になったのね。勘吉じゃないけど、私も猫が欲しくなっちゃった……うちの人に相談してみようかしら?」

福久は早速その日のうちに夫の保に相談し、保も猫を飼うことをよしとした。

勘吉はもちろんのこと、由蔵と瓦師(かわらし)の多平(たへい)、大工の辰治(たつじ)までが殊に喜んだ。この三人は猫好きなのだが、多平と辰治は出職(でしょく)で日中いないことから、由蔵は商品の足袋(たび)にいたずらをされては困るという理由から諦(あきら)めていたという。

「私もうちの人も歳(とし)だから、どことなく諦めていたのだけれど、子猫がいたらいい気力の源になると思うの。いざという時は、息子に頼むという手もあるし……」

福久たちと一緒に住んでいた長男夫婦は大分前に相次いで亡くなったが、次男は保の勤め先の紺屋に婿入りしている。次男は長男夫婦が亡くなったのちに一度、福久たちに猫でも飼ってはどうかと勧めたことがあったらしい。

「何言ってるんですか。いざという時はまだまだずっと先ですよ」

しまが言うのへ、咲も頷いた。

「そうですとも。つるかめつるかめ」

「つるかめつるかめ」

勘吉もにこにことして咲を真似る。

まずは親猫の飼い主に話しにゆかねばと言う福久に同行を頼まれて、翌日、咲は昼下がりに長屋を後にした。

澄に訊ねると、親猫の飼い主は蕎麦屋・柳川がある松枝町の更に東の、久右衛門町の八百屋だった。名を八百久といい、間口は二間で、水菓子の品揃えがいいことから、咲たちも幾度か訪れたことがあった。

「残っていた二匹の内、一匹はもうもらわれて行ったので、あと一匹しか残っていないんですが……」

店先にいたおかみのひろは、どことなく困った顔で娘のかやを呼んだ。

「この人たち、みつを引き取りたいって、来てくれたんだけど……」

「わかった。——こちらへどうぞ」

十歳前後と思しきかやにいざなわれて、咲たちは店の奥の家屋に足を踏み入れた。

「子猫はみつって名前なの？」と、福久が問うた。

「乳ばなれして、もらい手に引き取ってもらうまで名前がないのは不便ですから、四匹の内、おすはたろ、三匹のめすの内、先に生まれた子はいち、二匹目はふたって呼んでいました。でも、みつは……」

ひろやかやが言いよどんだ理由を、咲たちはひとときと待たずに知った。

同じ日に生まれた姉妹なのに、みつはきびよりも一回り小さかった。

盥の中で眠っていたみつは、かやに気付いて起きたものの、歩み寄る足取りは弱々しい。盥の縁によじ登ることもできずに、じっとこちらを見上げたかと思うと、すぐにうつむいて座り込む。三毛だがほぼ白毛で、茶毛と黒毛は頭の方に少ししかないことも、みつを一層儚く見せている。

「……あの、気が変わったようだったら、いいんです」

咲たちの顔色を見て、かやは言った。おそらくこれまでにももらい手として名乗りを上げた者はいたのだが、見るからにひ弱なみつを見て、思い直したようである。

「上の三匹はぽんぽん生まれたんですけれど、この子だけなかなか出て来なくて……そのせいか、生まれた時から元気がなくて、お乳もあんまり飲まなくて、まだ時々戻すこともあるんです」

かやが付け足す間に、三毛猫がやって来て盥に入ると、みつを庇うようにして咲たちを威嚇する。

「この通り、すずもみつを案じているんです」

母猫の名はすずというらしい。

三毛猫の雄は珍しいため、たろは生まれる前から「もしもの折には」ともらい手が名乗りを上げていた。澄もすずが身重だと聞いて、やはり生まれる前から「一匹譲って欲しい」と頼んでいて、三匹の雌の内ふたを気に入り、きびと名付けて引き取った。

猫の親子を見つめながら、福久が口を開いた。

「私は構わないのだけれど……」

長屋には勘吉という幼子がいること、子猫を楽しみにしていること、みつにもしものことがあったら——早々に死してしまったら——勘吉が傷付くだろうことを、福久は丁寧にかやに話した。

「だから、申し訳ないけれど、もう一度、長屋のみんなと相談させてちょうだいな」

——向こうさんが忙しくてね。今度また、出直すことになったのよ——

そう、福久は勘吉にささやかな嘘をついた。

子猫の到着を今か今かと待っていた勘吉は落胆を露わにし、おやつも食べずに、賢吉の隣りでふて寝した。

勘吉が眠っている間に、福久は皆に本当のことを明かした。

「けど、遅かれ早かれ、勘吉も生き死にを学ぶんだ」と、由蔵。

「でも、勘吉はお路さんのことで、つらい思いをしたばかりじゃないの」と、しま。

産後の肥立ちが悪く、路が寝込んでいた折に、子供なりに何やら感じ取っていたらしく、勘吉もしばらく暗い顔をしていた。

みつを引き取るか、否か。

結句判じきれず、保や他の住人の帰りを待つことになった。

皆と話すうちに七ツが近付いたため、今から仕事にかかるのも億劫で、咲は気晴らしを兼ねて再び表へ出た。

柳原を歩きながら、美弥に頼まれた財布や巾着の意匠をあれこれ考える。和泉橋を横目に通り過ぎると、咲は双子の依代がある稲荷神社へ向かった。

柳の間の小道を行くと、鳥居の向こうに男の人影が見える。

背丈からして修次ではなさそうだと思った途端、男が振り返った。

「おや、お咲さん」

九之助の顔を見て、咲は内心溜息をついた。

「お参りかい？」

「ええ。先だって瑞香堂で修次さんに会って、この稲荷を思い出しましてね。お咲さんも、こちらをご存じだったんですね？」

「ここは、うちからそう遠くないからね」

素っ気なく応えて、咲は財布から一文銭を取り出して賽銭箱に入れた。しろとましろが「お遣い」を始めた頃から、二人の小遣いの足しにと、神狐の足元にも四文銭を置いているのだが、九之助に見られては余計な疑念を抱かせそうである。

今日は、小遣いはなしだよ。すまないね——

二匹の神狐を交互に見やって、咲は胸の内でつぶやいた。

お参りを済ませると、九之助がおずおずと切り出した。

「あの、この間は本当に申し訳ないことを……」

瑞香堂で皆で会してから半月が経ち、霜月も六日になっていた。

「ああ、うん。詫び言はもういいよ。けど」

「次から気を付けます」

先回りして言うと、九之助は更に続けた。

「それでですね、その、やっぱり財布をお願いできないかと」

「まだ言ってんのかい？」

「歳永さんの煙草入れと財布を見せてもらったんです。松ぼっくりの意匠のです」

「歳永さんというと、あんたに修次さんのことを教えた人か。うん？　松ぼっくりの煙草入れと財布ってこた……ご隠居だね。確か、永明堂っていう薬種問屋の」

「その歳永さんです」と、九之助が嬉しげに頷いた。

松ぼっくりの煙草入れは、昨年の長月に桝田屋に納めた物だ。煙草入れへの称賛を聞いて、歳永はのちに注文した財布も、やはり松ぼっくりの意匠を望んだ。歳永は松ぼっくりの煙草入れと共に桂花――金木犀――の煙草入れも買っていて、美弥曰く、こちらは浅草に囲っている女への贈り物としたようだ。

「注文を聡一郎さんに初めに頼んだ時は、ただのお詫びのつもりでした。ですが、のちに歳永さんの煙草入れと財布を見て、心からお咲さんの財布が欲しくなったんです」

九尾狐の意匠にしてもらおうと、張り切って下描きを描いて持参したところ、咲にけんもほろろに断られたのである。

「九尾の狐ねぇ……九之助さん、私の財布は安かぁないよ」

「承知しております。ですが、私の狐の蒐集品に、お咲さんの財布も是非加えたく」

聞けば九之助は、書物のみならず、姿絵や置物、毛皮など、古今東西の狐に関するありとあらゆる「物」を集めているという。

「狐の蒐集品……」

呆れた声を出したものの、どんなものだか興味が芽生えた。

十二支の他、雀や鶯などは縫ったことがあるが、狐の意匠は初めてだ。鳳凰や麒麟などの、いわゆる霊獣や神獣といわれるものも、これまで縫ったことがない。

二つの神狐を交互に見やって、咲は頷いた。

「そんなに言うなら、引き受けてもいいよ。ただし、桝田屋を通してもらうよ」

世話になってきた美弥へ義理立てして咲が言うと、九之助は顔をほころばせて喜んだ。

「もちろんです。なんでも、お咲さんの仰せの通りに」

「調子のいいこった」

九之助は、浅草は田原町の旅籠・郷屋に間借りしているそうである。

下描きを届けるという九之助の申し出を断り、咲の方から訪ねることにした。

「蒐集品に、九尾狐の絵が描かれた物もあるんだろう？　あんたの下描きだけじゃ、心許ないからね。他の絵も見せとくれ」

「喜んで！」

声を弾ませ、小躍りせんばかりの九之助とは、小道を上がったところで別れた。

東へ向かう九之助とは反対に、咲が西へ足を向けると、和泉橋をしろとましろが小走りに渡って来るのが見えた。

咲が手招くと近付いては来たものの、二人は眉根を寄せて口々に言う。

「おいらたち、忙しい、忙しいの」

「とっても、忙しいの」

「そうなのかい」

双子がそのまま東へゆこうとするのへ、咲は忠告した。

「ほら、ありゃ、九之助さんだよ。こないだあんたたちを追い回した――」

三町ほど遠目になった九之助を指差すと、双子は顔を見合わせて囁き合った。

「九之助は駄目」

「近付いちゃ駄目」

ひそひそと声を低めて更に言葉を交わすと、しろとましろは揃って咲を見上げた。

「ありがとう、咲」

「教えてくれてありがとう」

「どういたしまして」

束の間にこりとしたものの、双子は再び険しい顔をする。

「じゃあ行くよ」

「もう行くよ」

「うん。気を付けておゆき」

大事なお遣いみたいだね――

咲が見守る中、しろとましろは和泉橋よりやや西側にある道から南へ走って行った。


翌日、咲は昼前にやって来た修次に柳川へ誘われた。

「柳原を回って、稲荷にお参りして行こう」

いざなわれるまま柳原に出ると、稲荷神社へ続く小道から双子が出て来るのが見えた。

「おおい！」

早足で咲たちが近付くと、しろとましろは昨日とは打って変わってにこにことした。

「なんでぇ、修次？」

「なんの用でぇ？」

修次がいるからか、伝法な言葉遣いで双子は言った。

「俺たちはこれから柳川に行くんだが、お前たちも一緒にどうだ？　もちろん、馳走するぜ」

「行く」と、向かって右側の、おそらくましろが言った。

「馳走してくれるなら、行く」と、左側のおそらくしろも応える。

そっくりの見目姿からは判別できぬが、社の前の神狐は左がしろ、右がましろで、人の姿をしている時も、しろはましろの右、ましろはしろの左にいることが多いようだ。

「おいらたち、修次が好き」

「大好き」

「また、調子のいいことを……」

ちくりと咲は言ったが、しろもましろも悪びれない。

「だって、柳川は久しぶり」

「お金がなかったから、久しぶり」

「こないだ、たっぷりお駄賃をもらったって言ってたじゃないか」

「もうなくなった」

「お揚げとお稲荷さんを買ったら、なくなった」

財布代わりの守り袋に触れて、双子は無念そうに言う。

歩き始めた双子の背中を追いながら、咲は昨日、九之助に会ったことを話した。

「——じゃあ、やつにも財布を作るのか？」

「うん。まあ、成りゆきでね」

しかめ面をした修次を見て、しろとましろも咲を睨む。

「九之助は駄目」

「近付いちゃ駄目」

「裏切り者」

「咲は裏切り者」

「そんな大げさな……九之助さんは相当な変わり者だけど、大の狐好きって話だよ」

「大の」

「狐好き？」

驚きに顔を見合わせた双子へ、いたずら心を交えて咲は頷いた。

「ああ、そうさ。ほら、私も修次さんも狐好きだからさ。九之助さんが大の狐好きだと聞いて、根っからの悪人とも思えなくてね」

「咲も狐好き?」

「修次も狐好き?」

「実はそうなんだ」と、修次も咲と一緒になって大きく頷く。「俺たちゃ、信心深いからな。殊にお稲荷さんのお狐さまがお気に入りさ。だからほら、よくここのお稲荷さんにもお参りしてんだろう」

にっこりとした修次へ、しろとましろはもじもじとした。

「お、おいらたちも狐が好き」

「こ、殊にお稲荷さんのお狐さまが好き」

「そうかい」と、咲もにっこりしてみせた。「ついでに、九之助さんは、どんな狐も瑞獣だって言ってたよ」

「ずいじゅう?」

双子が再び顔を見合わせて小首をかしげるのへ、咲は付け足した。

「瑞獣ってのは瑞兆——吉報——つまり、いい知らせを運んで来る獣のことさ。他にも、霊獣や神獣——ええと、尊く、優れた獣だとも信じているのさ」

「いい知らせ……」

「尊く、優れた……」

束の間ひそひそと囁き合ったのち、しろとましろは咲を見上げた。

「ふうん。そんなら根っからの悪いやつじゃあないかもな」

「本当は、悪いやつじゃあないかもな」

えらそうに言う二人に内心苦笑しながら、咲は応えた。

「うん。だから、あの人が本当に悪い人かどうか、私がちょいと探って来るよ。ああでも、あんたたちは近付くんじゃないよ。九之助さんは、あんたたちの守り袋を狙ってるんだからね」

「守り袋」

「おっかさんの守り袋」

それぞれ守り袋へ庇うように手をやりながら、しろとましろは重々しく頷いた。

柳川では、皆で信太を注文した。双子の分はいつも通り、一杯を二つの椀に分けてもらい、煮付けたお揚げを一枚足してもらう。

柳川は主の清蔵と孫の孝太、給仕のつる——孝太の実母で本名はゆう——の三人しかいないこぢんまりとした店だ。孝太はまだ十三歳だが、春から板場で見習いを始め、いまや蕎麦打ちも様になってきた。

ふうふうと息を吹きかけて冷ましながら、双子は目を細めてお揚げにも蕎麦にも舌鼓を打つ。そんな二人の向かいで、修次は再びしかめ面をしている。

「まったくよぅ。やつには近付くなって言ったばかりだってのによ……」

歳永の財布と煙草入れを褒められて、少々いい気になってしまったやもしれない。軽はずみだったと思う反面、注文を引き受けたことに後悔はなかった。

「敵を知れ、ともいうじゃないのさ」

言い訳めいたことを口にしてから、咲はさりげなく話を変えた。

「そういえば今、うちの長屋は猫の話で持ち切りでね」

澄が八百久からきびをもらって来たことや、勘吉が子猫を欲しがっていること、福久と一緒に八百久を訪ねて来たことなどを話した。

「……お福久さんやおしまさんの心配も判るけど、私はどっちかというと、由蔵さんの言い分に賛成さ。でも、勘吉はまだ四つだからねぇ……って堂々巡りなんだよ」

「四つでも、勘吉は賢い子だから、言って聞かせりゃなんとかなるさ」

「うん。それに子猫が死ぬとは限らない。そう決めつけるのも嫌なんだよ。ちゃんと手間暇かけてやれば、存外長生きするんじゃないかと思ってね。お福久さんも、なんだかんだ言いながら、本音は引き取りたいみたいだった……」

「お福久さんもそれなりの覚悟を決めて、その気になって訪ねたんだ。そう容易く諦め切れねぇんだろうな。……うん？　どうしたお前たち？」

修次は向かいの縁台に座っているが、咲は双子と横に並んでいる。ゆえに、修次が問うまで気付かなかったが、双子は何やら青ざめた顔をしている。

「な、なんでもない」

「なんでもないって面じゃねぇだろう？」

「ちょ、ちょっと忘れてた」

「忘れてた？」

「急ぎのお遣い」

「大事なお遣い」

慌てて蕎麦を食べてしまうと、双子は「ご馳走さま」と口を揃えて、浮かない顔をしたまま柳川を出て行った。

「なんだ、ありゃ？」

「大方、信太につられてうっかりしてたんだろう」

呆れ顔で双子を見送る咲へ、修次が問うた。

「ところで、お咲さん。九之助のとこには、いつ行くんだ？」

「四日後だよ。十日に、今手がけている守り袋を桝田屋に納めるついでに、お美弥さんに話を通して来ようと思ってね。だから、その明くる日に」

「十一日だな。よし、何時に迎えに行きゃあいい？」

「えっ？」

「あいつが、本当に悪いやつか否か、俺も一緒に見極めに行く」

「あんたねぇ……」

思わず咲はぼやいたが、修次の申し出を聞いて、浅草行きがより楽しみになったことは確かだった。


—みつとは、此度はご縁がなかったってことにしようか—

長屋の皆で、二日をかけて話し合い、一度は引き取らぬと決めて、勘吉には「八百久さんに断られた」ことにした。

だが、勘吉に加え、福久までがひどく肩を落としていることから、八日の夜に、保が

と思うんだ──

──やっぱり、みつを引き取っちゃいけねぇだろうか？　お福久と俺とでちゃあんと世話するからよ。それで駄目なら、勘吉も判ってくれると思うんだ──

──俺もずっと考えていやした。勘吉はなんとなくですが、お路が死にかけたことを知っていやす。だからこそ、賢吉やお陽ちゃんをより大事にしている節がありやす。勘吉はまだ四つだけど、なんとなくでも、言って聞かせりゃ判ると思うんです──

どちらかというと反対していた者たちも、両家がそれでよいのならと、どこか安堵の表情を見せた。そもそも皆、一度は引き取ることをよしとして、それぞれ楽しみにしていたのだ。

翌日、咲と福久は再び八百久を訪れた。

八百久の主夫婦は咲たちの再訪に驚き、長屋の意向を喜んだ。ただ、娘のかやは、まだ小さいみつを手放すことを渋った。

「みつはこの二日は調子がいいけれど、まだお乳を飲んでるし、もうちょっと大きくならないと、よそにあげるのは不安だわ。すずもきっと嫌がるよ」

「そうだなぁ」と、主の利八が迷いを見せる横で、「こうしちゃどうだい？」と、おかみのひろが言った。

「みつが乳離れして、もう少し大きくなるまではうちに置いといて、その間、お福久さんや、その勘吉って子に遊びに来てもらって、みつやすずに慣れてもらうってのは？」

咲たちに否やはなかった。

三吉の帰宅を待って、勘吉には三吉から話してもらうことにした。

「勘吉、大事な話がある。そこへ座れ」

六尺近い父親に厳かな顔で呼ばれて、勘吉はこわごわと三吉の前に座った。

「賢吉が生まれた時、おっかさんが寝込んだことを覚えているな？」

「うん……」と、勘吉が顔を曇らせる。

「あれは、おっかさんが命懸けで賢吉を産んだからだって言ったろう？」

「うん……」

「お産で命懸けなのは、おっかさんだけじゃねぇ。生まれてくる子もそうなんだ。それからお産が命懸けなのは、人だけじゃねぇ。犬や猫もおんなしなんだ」

ゆっくりと言葉を選びつつ、三吉は、此度は「子供」のみつが命懸けで生まれてきたこと、まだ「病のように」弱くて危なっかしいこと、ゆえにみつの具合が良くなるまでは、誰も「もらい手」になれないことを、嚙み砕いて勘吉に説いた。

咲と福久は、路の傍らで二人のやり取りを聞いていた。

熊のごとき三吉を見上げる勘吉はまだ三尺足らずだが、その面持ちは神妙にして真剣だ。全ての言葉を解したとはとても思えぬが、およそのところは伝わったようである。

「いいか？　あちらさんではくれぐれも、騒いだり、みつに無理させたりしちゃいけねぇぞ。すず――みつのおっかさんにも優しくするんだぞ？　じゃないと、みつは引き取れねぇぞ」

「うん」と、勘吉は大きく頷いた。「おいら、できるよ。やさしくするよ」

「おう。しっかりな」

勘吉が大喜びで、由蔵を始めとする長屋の皆に触れ回る声を聞きながら、三吉はそっと路を窺った。

「どうだった？　俺ぁうまくやれたか？」

「ええ、上出来よ」

「そうともさ」

「ふふ、三吉さんもすっかり父親になったねぇ」

路と共に咲と福久も目を細めると、三吉は照れ臭げな笑みを浮かべた。

⁂

「そんなこんなでね。勘吉は今日も、お福久さんと八百久に出かけて行ったよ」

「そらよかった」

修次と連れ立って柳原を歩きながら、咲は八百久との話や勘吉の様子を語った。

霜月は十一日。九之助の家への道中である。

八日後には冬至、師走まで二十日足らずとなって、川面を渡ってくる風は冷たい。

新シ橋から神田川の北へ渡り、少しばかり武家屋敷を抜けて鳥越明神に寄る。

鳥越明神でお参りを済ませると、新堀川沿いを北へ進み、東本願寺の手前の道を東へ折れて、田原町へ向かった。九之助が間借りしているという旅籠の郷屋は田原町の西の端にあるが、雪が勤める三間町の立花からそう遠くない。

表にいた店者に来訪を告げると、ほどなくして九之助が飛び出して来た。

「お咲さん、いらっしゃい。――おや、修次さんもご一緒で？　ははぁ、もしやお二人は……」

咲がじろりと目をやると、九之助は慌てて首をすくめる。

「ささ、どうぞどうぞ。むさ苦しいところですが……」

「むさ苦しいのは、お前の部屋だけだ」

そう言ったのは九之助を追って来た郷屋の主で、康太郎と名乗った。

康太郎は本好きで、やはり本好きの歳永を通じて九之助と知り合い、九之助が長屋を追い出された折に助け舟を出したそうである。

「長屋を追い出されるなんて、よほどのことをしでかしたんだね」

「そ、それほどでも。あはははは」

笑って誤魔化すと、九之助は咲たちを二階へいざなった。

郷屋は大きさは立花と同じくらいだが、建物は古く、格式はやや劣って見える。

九之助の部屋は、客室と奉公人の部屋の間にある四畳半で、もとは納戸として使われていたという。襖戸(ふすまど)ではなく板戸を開くと、真ん中に文机(ふづくえ)があり、周りには所狭しと狐の蒐集品が置かれている。書はまだしも、壁にかかったおそらく狐の毛皮や木彫りの面、置物を見回して、咲たちは微苦笑を浮かべた。

「むさ苦しいね」

「うん、むさ苦しいな」

文机を部屋の端に寄せて、三人で座り込むと、九之助が下描きを広げた。

「おっ、うまいな」

修次が感心した通り、九尾狐の下描きは玄人裸足(くろうとはだし)だ。

「本当にあんたが描いたのかい？」

咲が問うと、九之助は恥ずかしげに盆の窪に手をやった。

「ええ。実は私は昔、絵師の真似事もしておりまして」

岩の上で身を翻した九尾狐が、九つの尾をなびかせつつ、昇ってきたばかりの満月を見上げている。

「青月か……」

下描きは墨一色だが、月の横に「青月」、狐の身体は「狐色」、尾や足先、腹の辺りは「藍色」、岩は「朽葉色」など、色が書き込んである。

「初めは薄月に尻尾が紛れたような──つまり、薄雲の中から、九尾狐が舞い降りて来たような意匠も考えていたのですが、あの双子の守り袋をみて思い直しました。藍は魔除け、厄除けの色ですからね。いやはや、あの子たちの母親は相当信心深いようですな。双子は忌み子とよくいわれますが、ああも藍色の物をまとっていると、神仏の加護をひしひしと感じますよ。ああ、守り袋は伏見稲荷の神紋ですが、糸が瑠璃紺で、ほら、瑠璃は仏教では七宝の一つ、西国でも魔除けとされていますからね」

やっぱり、あの子らは九之助さんから遠ざけておかないと──

九之助が弁舌を振るう中、咲は修次と見交わした。

九之助の下描きは想像していたものよりずっと良かったが、こんな機会は滅多にないと、咲は本や絵巻からも九尾狐に限らず、狐の絵をいくつか写し取った。

狐の置物を手に取りながら、修次が言った。

「俺も、狐の目貫でも作るかな。ああ、お前さんに売りつけるには、根付か印籠の方がいいか」

「是非！　根付でも印籠でも——目貫でも構いませんよ」

身を乗り出した九之助は紛れもない「狐好き」の「収集家」で、無節操で厚かましいが、悪人とまでは言い難い。

郷屋を辞去してから、修次が咲に囁いた。

「悪気はなさそうだが、やつは危ねぇ。しろとましろのことは、なんとしても隠しておかねぇとな」

「うん。あの子らは九之助さんを煙たがってるけど、今度また、念を押しておこうじゃないの」

行きと同じく新堀川沿いから南西へ、町家と武家町を抜けて神田川の北側へ出ると、しばし西へ歩いて新シ橋を渡った。

双子の稲荷神社に寄ってお参りし、此度は神狐の足元にそれぞれ四文ずつ置いて小道を戻ると、和泉橋をしろとましろが渡って来るのが見えた。

「なんでぇ、仕事もしないでお散歩か？」

「のんびりお散歩たぁ、いい御身分だな」

にこりともせず、双子は咲たちを見上げて伝法に言う。

「お前たちは、今日は忙しいようだな？」

「うん、忙しい」

「とっても、忙しい」

むすっとしたまま、双子はこぼした。

「こないだの、急ぎで大事なお遣いはうまくいったのかい？」

咲が問うと、双子は揃って目を落とす。

「――ってぇこた、しくじったのか？」

そこはかとなく面白そうに問うた修次へ、双子が言い返す。

「し、しくじってねぇやい」

「まだ、しくじってねぇやい」

「ふうん、まだ、ねぇ……？」

修次がからかうものだから、しろとましろはますます口を尖（とが）らせた。

「……咲のせい」と、向かって左側のおそらくしろが言った。

「うん、そう。咲のせい」と、右側のおそらくましろも頷く。

「お節介」

「咲はいつもお節介」

「私が何をしたってのさ？」

驚いて問い詰めると、双子は顔を見合わせてから、申し合わせたように駆け出した。

「なんでもない！」

「なんでもない！」

「あっ、こら、お待ち！」

だが二人は立ち止まりも振り返りもせず、一目散に一町ほど走ったのち、横大工町を南へ曲がって行った。

「お咲さんよ……」

にやにやして己を見つめる修次へ、咲は小さく首を振った。

「なんだい？　私はなんにもしてないよ。そりゃ、お節介なのは認めるけどさ……」

「お咲さんの？」

翌朝、咲は早速、九之助の財布のための布を仕入れに出かけた。

地色となる布は灰汁色とした。灰汁色には微かな黄みが含まれているため、狐色も藍色も映えると思われる。九之助の望み通り、九尾狐の尾と足先、下腹など、陰になるところに藍を差し色にするついでに、月の周りにも少し青みのある糸を使って「青月」らしさを表すつもりだ。

長屋に戻り、露草の液汁で作った「青花」で布に下絵を入れると、あっという間に昼になった。

そのまま刺繍に取りかかりたかったが、今日は用事がある福久の代わりに、咲が勘吉を八百久に連れて行く約束だ。昼餉を済ませると、勘吉が喜々として呼びに来て、咲は勘吉の手を引いて八百久へ向かった。

と、咲たちを見た途端、店先にいた利八が困り顔になった。

「それが、みつがいなくなっちまいやして」

「えっ？」

九ツに指南所から帰って来たかやが、盥が空だと気付いたそうである。

「店を開ける前におひろが見ていやすが、二刻は放ったらかしでしたからね。みつのことだから、そう遠くには行けねぇ筈なんだが……」

かやと共に、ひろもみつを探しに出たため、利八が一人で客をさばいている。

邪魔をしては悪いと、咲は勘吉を促して早々に店先を離れた。

「おいらも！　おいらもみつをさがす！」

勘吉はそう言って、長屋へ帰ることを拒んだ。

咲も探索に助力しようと思っていたが、勘吉と一緒というのは面倒だ。だが、説得して連れ帰る方がより面倒だと判じて、仕方なく咲は再び勘吉の手を取った。

近所の大和町（やまとちょう）や佐久間町（さくまちょう）、松枝町はかやとひろが回っているに違いない。そう考えて、咲は少し離れた岩本町（いわもとちょう）をぐるりとしてみた。表店や裏長屋にも声をかけて回ったが、誰もみつを見ていないようだ。

「白毛で、頭にちょびっとだけ黒と茶が入った三毛なんです。もしも見かけたら、どうか八百久に知らせてください」

咲が頭を下げる間に、勘吉が「あっ」と小さく叫んだ。

みつを見つけたのかと思いきや、勘吉が指さしたのは、通りの西から現れ、北へと折れて行くしろとましろだった。

「しろさん！　ましろさん！」

勘吉に引っ張られて、咲も小走りに駆け寄った。

双子は振り向いて咲たちを待ったものの、昨日と同じく素っ気ない。

「やあ、勘吉」

「やあ、咲」

「おいらとおさきさんね、こねこをさがしてるの。みつっていう、しろげにちょびっとくろとちゃのみけ。みかけたら、やおきゅうにしらせてください」

咲の言葉を真似て、勘吉が言う。

「もしも見かけたらね」

「子猫なんて、見かけてないけどね」

「あんまり小さい子は見つからないよ」

「諦めて、おうちに帰った方がいいよ」

「あんたたち……」

つれない二人の様子から、反対に何か知っているらしいと咲は踏んだ。

だが、勘吉の手前、どう問い詰めたものか迷う間に、双子は踵（きびす）を返した。

「じゃあな、勘吉」

「またな、咲」

「うん、またね。しろさん、ましろさん……」

双子の背中をしばし見送ると、しょんぼりとした勘吉を連れて、咲はしろとましろが出て来た松枝町から松下町へと続く通りを西へ歩いた。

双子が通って来た道のりに、何かみつの手がかりがないかと思ったのだ。

ところが、一町も進まぬうちに、勘吉がぐずりだした。

「どうしてみつからないの？　みつはまだちいさいから、みつからないの……？」

今まで勘吉は、昼餉の後はおやつまで一眠りすることが多かった。だが、この数日はみつに会うために、昼寝は八百久から帰ってからと後回しになっていた。

「一旦、おうちへ帰ろうかね」

「やだ！　おいらさがす！　みつをさがす！」

頭を振って涙ぐむ勘吉を、咲は半ば無理やり抱き上げた。

「よしよし」

「さがす！　おいらまださがす！」

「判った、判った」

ぽんぽんと背中を叩いてあやすと、勘吉は口をつぐんだ。

もう一月半で五歳となる勘吉は、抱っこするには咲には大きく、重いが、往来で泣かれるくらいなら、このまま眠ってくれた方がいい。松下町から武家屋敷が連なる一角の南側を歩くうちに、勘吉は咲の肩にもたれてうつらうつらしてきた。

　このまま、こっそり家に連れて帰っちまおう——

　そう思ったのも束の間だ。

　紺屋町（こんやちょう）を北へ曲がって岸町（きしちょう）にさしかかると、勘吉が顔を上げて辺りを見回した。

「みつのこえがする」

「えっ？」

「みつがないてるよ、おさきさん」

　身をよじって咲の腕から下りると、勘吉は駆け出した。

「勘吉！」

　慌てて追いかけて手を取るも、勘吉は咲の手を引っ張りながら、裏長屋への木戸を指差す。

「ほら、みつのこえがする！」

　はたしてみつは、長屋に住む老婆のもとにいた。


　老婆の名は育（いく）といった。

「九ツ前に、うちの銀が——猫が——連れて来たのよ。お腹が空いていたみたいだったから、重湯を飲ませたら眠ってね。つい今しがた起きたところだったの」

か細く鳴きながら、みつは勘吉にすり寄った。

「銀が出かけちゃったから、寂しいのかしら？」

「ううん。おなかがすいてるんだ。おちちがほしいんだよ」

首を振った勘吉へ、育は目を細めて微笑んだ。

「お腹が空くのは元気な証ね。いいことだわ」

勘吉とみつの双方に語りかけながら、育は重湯の入った椀を持って来て、そっとみつを抱き上げた。木匙で重湯をすくって口元に持っていくと、みつは躊躇わずに口をつけてすすり始める。弱るどころか、三日前に見た時よりも元気な様子に、咲はほっとした。

「この子は、久右衛門町の八百久って八百屋の猫なんです」

事情を打ち明けると、育は合点したように頷いた。

「生まれて二月経っているなら、乳離れしてもおかしくないものね。重湯を飲んでくれてよかったわ。でも、久右衛門町から来たなんて、随分長旅だったわね。ううん、きっとご近所で迷子になってたところを、銀が拾って来たんでしょうね。銀も、随分遠出をしたものねぇ……」

八百久から育の長屋まで六町余りある。咲にはなんでもないが、子猫のみつには遠い道のりだ。育は長屋の皆に頼んで、子猫を預かっていることを近所に触れて回ってもらっていたが、それもせいぜい隣町までだった。

みつは勘吉が触れても嫌がらないが、抱いて行くには不安がある。

「おひろさんやおかやちゃんに知らせたらすぐに戻って来るから、ここでみつと一緒にいい子にしてるんだよ」

勘吉に言い聞かせて、咲は勘吉を育に預けて八百久へ急いだ。

ひろとかやはそれぞれ一度は戻って来たものの、再びみつを探しに出たという。利八に言伝(ことづて)を残して、育の長屋までとんぼ返りで戻ると、勘吉とみつは育の傍(そば)で眠り込んでいた。

ひろたちを待つ間、咲は育とやや遅いおやつのひとときを過ごした。

「私は大分前に、夫と息子夫婦を相次いで亡くしましてね。それから銀と二人きりなんですよ」

育の夫と息子は、仕事先の火事で煙に巻かれて、二人一緒に亡くなった。息子夫婦が祝言を挙げて、一年と経たぬ間の出来事だったそうである。懐妊の兆しがあった嫁は実方に戻ることなく、しばし育と共に暮らしたものの、同年の冬に風邪(かぜ)をこじらせて息を引き取った。

「私も同じ時に風邪で寝込んでいたのだけれど、どうしてかねぇ……私の方が生き残ってしまったの」

悲しげに言う育に、福久の姿が重なった。

福久の夫の保はまだ健在だが、長男夫婦は事故と病で相次いで亡くなっている。次男は長男が亡くなる前に婿入りしていたため、福久は保と二人暮らしだ。

「前は隣町の二階建ての長屋に住んでいたのだけれど、夫と息子を亡くした後に、嫁とここの九尺二間に引っ越したの。なのに、三月余りで嫁が亡くなって……とうとう一人になってしまったと途方に暮れていたら、ほどなくして向かいの家のお末さんが、猫を飼ってはどうかと、銀を連れて来てくれたのよ」

内職で慎ましく暮らしているという育は、福久より一つ年上の五十五歳。銀を飼い始めたのは三十八歳の時だと言うから、銀は十八歳の老猫だ。

「初めは、長屋のみんながいるから、一人でも平気だと思ったの。でも四人暮らしから、あれよあれよと一人になってしまったから、九尺二間がどうにも広く思えてね……銀が来てくれたおかげで、この歳までなんとかやってこられたわ」

育の気持ちが咲にはよく判る。

家から一歩出れば長屋の皆がいて、朝昼晩、なんならおやつの時刻も賑々しい。

だが、一人で家にいると——殊に、戸口を閉めていることが多い冬の間は——独り身を侘しく思うことが時にある。

十八歳なら、いつ逝ってもおかしくない……

育にも年相応の老いが見られるが、色艶は良く、「お迎え」までまだしばらくありそうだ。それは喜ばしいことではあるが、そう遠くないうちに、育はまた「独り」となるやもしれぬと思うと、何やら胸が締め付けられた。

ううん、これこそ余計な「お節介」か。

——まだ、そうなると決まった訳じゃない。

咲が内心頭を振ったところへ、表からかやの声が聞こえてきた。

かやがみつを呼ぶ声で、まずは勘吉が、それからみつが目を覚ました。

「みつ……」

かやが目を潤ませると、みつはよちよちと近付いて、かやが伸ばした手に額をこすりつける。

「もう！　みんなみつを心配したのよ」

「にゃー」

判っているのかいないのか、みつは甘えた声を出した。

かやは、みつのために手桶(ておけ)を持って来ていた。底には手ぬぐいが敷いてあり、みつを入れると、上から更にもう一枚の手ぬぐいでみつを包んでやる。

手桶の中でみつは不安げに鳴き始めたが、かやがそっと撫でてやる。

「お外は寒いからね。かぜでも引いたら大ごとよ」

「にゃー」

「あの……ありがとうございました。また日を改めて、母とお礼に来ますので」

「お礼なんていいんだよ。大事にしてやっとくれ」

早く、家の者やすずを安心させたいからと、かやは早々に腰を上げた。

咲も勘吉の手を引いて育に暇(いとま)を告げ、かやと一緒に木戸を出る。半町ほど共に歩いて、武家屋敷の間から東へ向かうかやと別れた。

「またね、みつ！　またあした！　おかやさんも」

「うん、またね、勘吉」

咲も勘吉と一緒になってかやに手を振ると、永井町(ながいちょう)の角を曲がる。

すると、少し先の武家屋敷の塀の下で、虎猫と錆猫が顔を突き合わせて日向ぼっこをしている。

「ねこだ！　おさきさん、ねこがいる。にひきもいる」

咲の手を離して、勘吉は二匹の猫に歩み寄った。

「おっきいなぁ……きびやみつよりも、うんとおっきい。すずよりも、ちょびっとおっきい……」

傍らにしゃがみ込んだ勘吉を、二匹の猫は億劫そうに見上げた。

勘吉がそっと手を伸ばすと、虎猫の方が「シャッ」と低く短い、不服の声を上げた。

「勘吉」

腰をかがめて、咲は勘吉の手を取った。

「友達同士でくつろいでんだ。邪魔しちゃいけないよ。勘吉だって、栄太や勇太と遊んでる時に邪魔されたら嫌だろう？」

「あそんでないよ。やすんでるだけだよ」

「あんたたちみたいに、駆け回ったり、取っ組み合ったりばかりが遊びじゃないんだよ。大人になったら、ゆっくりおしゃべりしたり、のんびり一休みするのも遊びの内さ」

「おいらも、えいたとゆうたとおしゃべりするよ。いっしょにおひるねするよ。おいらたちも、もうおとな？」

「いんや、あんたたちはまだまだ子供さ。けど、おしゃべりやお昼寝だって、邪魔されたら嫌じゃないかい？」

微苦笑を浮かべながら繰り返し問うと、勘吉はこくりと頷いた。

「さあ、帰るよ」

「うん……」

のろのろと、後ろ髪を引かれるように勘吉が立ち上がると、二匹の猫ものっそりと、仏頂面で立ち上がった。

「じゃましてごめんなさい」

勘吉は謝ったが、猫たちはつんとして素っ気ない。

「さ、勘吉」

勘吉の手を引いて歩き出すも、勘吉が振り返るのへ咲もつられる。

錆猫も虎猫もこちらを――どちらかというと咲を――じっと睨みつけている。

「おこってる。おいらがじゃましたから、おこってる」

「そうだねぇ……けどまあ、そろそろもっと冷えてくるから、二匹ともおうちに帰った方がいいさ」

勘吉の背中に手を回して慰めながら、咲はふいに思い出した。

あの虎猫は――

今一度振り返ると、虎猫はまだこちらを睨んでいたが、咲と目が合うと、ふっと顔をそらして、既に踵を返していた錆猫を追った。

後ろ姿を見て咲は確信した。

間違いない。

水無月に、湊稲荷の西の稲荷橋で、しろとましろが話し込んでいた虎猫だった。


翌日。

咲は、朝から九之助の財布の刺繡に勤しんだ。

昨日は、みつを探し回ったために帰宅が思っていたより遅くなり、日が短くなっていることもあって、ろくに仕事をせぬうちに針を置く羽目になった。

朝のうちにせっせと、まずは九尾狐の顔を縫い取る。

九之助が描いた九尾狐の顔は、気高くきりっとしていながら、どこか不敵な笑みを浮かべている。

刺繍にもその精妙な妖しさが出るように、口元は細かく、苦心を重ねて縫い上げた。

昼餉を挟むと、咲は九尾狐の顔から首の刺繍へと取りかかる。

縫いかけの顔と首のみが宙に浮かぶがごとき九尾狐に、咲がくすりとしてすぐ、福久と勘吉が八百久から帰って来た。

まだ八ツは鳴っておらぬが、しまが皆に声をかけ、少し早いおやつに誘った。

はしごを下りると、咲は己の茶碗を持って、二軒隣りのしまの家へ上がり込む。

藤次郎と由蔵は既に来ていて、咲を追うように、賢吉を抱いた路と勘吉が、それから福久がやって来たが、勘吉も福久も、何やら浮かない顔をしている。

「どうしたの？ 何かあったの？」と、しまが問うた。

福久が返答を躊躇う横で、勘吉が言った。

「みつがね、げんきがないの」

「そうかい……」と、由蔵の顔が暗くなる。

「昨日の無理が祟ったんだろうよ」

励ますべく、咲は勘吉に微笑んだ。

「あんなに遠くまで行ったんだもの。しばらく、ゆっくり休まないとね」

「うん……でも、みつはたらいのおそとにでたがるの」

「つかれてるのに、なんどもなんどもでたがるの。おかやさんがだっこしても、いやがって、おそとににげようとするんだって」

「盥の外に？」

鳴いて盥の縁を掻くものだから、かやが抱き上げて盥の外に出すと、相変わらずのよちよち歩きで部屋の外へ――おそらく表へ――出て行こうとするらしい。

かや曰く、昨日連れ帰ったのち、みつはすずから乳を飲み、すずと一緒に盥の中でぐっすり朝まで眠ったそうである。盥を引っ掻き始めたのは、起きて、まもなくしてからだ。元気になった証かと、かやは初めは喜んで盥から出したが、表へ出たがっていると知って、すぐさま盥に戻した。

「起きた時には、すずはもういなかったそうだから、母親恋しさに――母親を探しに行こうとしているのかもしれないと、おかやちゃんは思ったそうなの。でも、すずが帰って来てからも変わらなくて……盥へ戻すとしばらく大人しくなるのだけれど、一休みするとまた、鳴いて出してくれとねだるんですって」

昨日の今日ゆえに、かやはみつを案じていて、今日は指南所行きを拒んで朝からずっと家にいた。

福久たちが遊びに行った間も、似たようなことが繰り返され、かやはみつを抱き上げてなだめたものの、すぐに盥に戻して休ませようとした。

「おかやさん、いってた。もしかしたら、みつは『ねこまたのやま』にいこうとしてるんじゃないかって」

「猫又の山？」

咲たちが揃って問い返すと、勘吉はやや得意気に頷いた。

「そう。ねこまたのやま。ね。おふくさん？　ねこまたのやまには、ねこがたくさんいるんだよ。だから、ねこまたのやまにいけば、みつもさみしくないんだよ」

「そう……」

つぶやいた路ばかりか、しまや由蔵まで目を落とした。

勘吉はよく解していないようだが、かやの言う「猫又の山」とはおそらく、猫の極楽浄土のようなものだろう。

咲は猫を飼ったことがないが、猫は弱みを見せることを嫌い、死期が近付くと自ずと人や他の獣の目につかぬところへ、ひっそりと姿を消すと聞いている。つまり、かやの推し当て通りなら、みつは己の死期を悟って、死に場所を探しに表へ行きたがっていることになる。

「でも、ねこまたのやまはたのしいから、いちどいくと、もういえにはかえってこないかもしれないんだって。それじゃあ、こまるよ。ね、おふくさん？」

「うん、それじゃあ困るねぇ……」

「だからね、おいらとおふくさんが、みつについていこうよ」

「えっ？」

「みつといっしょに、ねこまたのやまにいって、ねことあそんでかえってくるの」

「駄目よ！」

路の短い叫び声に、勘吉はびくりとして目を見張る。

「いけません」と、声を落として路が言う。「そ、それに、猫又の山には、猫しか行けないの。勘吉やお福久さんはたどり着けないのよ」

「みつについていっても？」

「みつについて行ってもよ。ね、お咲さん？」

「ああ、そうさ」と、路に話を合わせて咲は頷いた。「猫又の山は、猫たちだけの秘密の山なんだ。人は——他の獣も——入れない山奥にあるんだよ」

「ふうん……」

無念そうに頷いた勘吉は、ほどなくして眠りについた。

勘吉が目覚めたのは、一刻余り眠ったのち——六ツまで四半刻（しはんとき）もなかろうという時刻になって——ひろの声を聞いてからだ。

かやとみつ、すずが訪ねて来ていないかと、ひろは問うた。

「いいえ、こちらには来ておりませんよ」と、福久。

「夕餉の支度にかかろうとして、いないことに気付いたんです。出かける時は、いつも一声かけてから行くのに……それで、もしやと思って」

「お向かいは？　お澄さんのところへ、きびを訪ねて行ったんじゃ？」

「お澄さんのところは、先ほどお伺いして来ました」

「きっと、ねこまたのやまにいったんだよ。みつがしんぱいだから、すずといっしょについていったんだ」

「猫又の山……？」

起き出して来た勘吉が言うのを聞いて、ひろは青ざめた。

猫又の山はたとえだとしても、死地を求めて外へ出たみつにすずがついて行き、かやは二匹と共に——もしくは二匹を連れ戻しに——出て行ったのではなかろうか。

「でも、ねこまたのやまには、ねこしかいけないんだった……」

小首をかしげた勘吉の隣りで咲は申し出た。

「私も一緒に探しますよ」

「おいらも！　おいらもさがす！」

だが、此度は咲は首を振った。

「もう遅いからね。あんたは今日はお留守番だ」

「いやだ！　おいらもさがす！」

「勘吉！」と、声を高くしたのは路だ。「これは大人のお仕事よ。真っ暗にならないうちに、早く見つけなきゃならないの」

「でも……」

「いけません。でも、おうちで一緒にお祈りしましょう」

「おいのり？」

「おかやちゃんたちが無事に帰って来るように、神棚にお祈りするのよ」

福久や由蔵も探索を申し出たが、まだ六ツは鳴っていないことから、入れ違いに帰っているやもしれないと、ひろは咲も含めて断った。

「ですが、このままじゃ私どもも心配なので、まずは私一人で、六ツまでは探してみますよ。もしかしたら、またお育さんのところに行ったのやも……ああでも、それならやっぱり、今頃はもう帰っているか……」

南側の木戸から帰るひろとは家の前で別れ、咲は北側の木戸を出て、柳原へ向かった。

足早に、真っ先にしろとましろの稲荷神社に行ってみた。

が、道中にも稲荷神社にも双子の姿は見当たらない。

「もう！　あの子たちなら『お見通し』かと思ったのに――」

つぶやきつつ、急ぎ社に手を合わせて小道を戻ると、夕暮れの中、和泉橋の向こうに二つの影がちらちらしている。

「しろ！　ましろ！」

和泉橋を渡りながら呼びかけるも、ちらりとこちらを見やった双子は、あろうことか川沿いを西の方へ逃げ出した。

「こら！　お待ち！」

川沿いは開けているため、見失うことはなかったが、双子は一町余り前を駆けて行き、筋違御門（すじかいごもん）と昌平橋（しょうへいばし）を通り過ぎたのち、湯島横町（ゆしまよこちょう）の間の通りを北へ曲がった。

「お待ちったら！」

双子に遅れることひととき、咲も通りを北へ折れると、老婆と鉢合わせた。

「すみません！　急いでいたものですから――」

よろけた老婆を支えながら謝って、咲は思わず目を見張る。

「お育さん」

「お咲さん――奇遇ですね」

「え、ええ、まあ」

いつもなら奇遇と思っただろうが、此度はなんとなく、しろとましろの「お導き」のような気がしていた。

「お咲さんもお参りかしら？」

「お参り？」

「ほら、明神さまへ」

育曰く、育の飼い猫の銀が、昨晩帰らなかったそうである。

「こんなことは初めてです。昼間は散歩に出かけても、夕刻には必ず帰って来ていたんです。それで、今日は朝から銀を探していたんですよ」

念のため、八百久も訪ねてみようと思っていたが、番屋や長屋の他の住人から、銀らしき猫の知らせが次々舞い込んだため、また、老体を押しての探索で、休み休みだったがために、後回しになっていたという。

「七ツ過ぎに長屋へ一度帰ったら、また銀らしい迷子の錆猫を預かってる人が、湯島横町にいるって言伝があって……結句、その猫はうちの銀じゃなかったけれど、ついでに神頼みしていこうと、明神さまをお参りして来たところなの」

「そうだったんですか。実は、おかやちゃんとみつも行方知れずなんです」

「えっ？」

「ああ、昨日はちゃあんと八百久へ帰りましたよ。けれども今日、いつの間にかいなくなっていて、すずっていう、みつの母猫も帰っていないそうなんです」

「まあ、それは大変。じきに六ツだから、今頃家に帰っていればいいけれど……」

「ええ。——ところで、お育さんちの銀は錆猫なんですね？　もしかしてこれくらいの大きさで、睨みが利く、その、貫禄ある顔の猫じゃ……？」

昨日、育の長屋からの帰り道で、虎猫と一緒にいた錆猫を思い出しながら、咲はその大きさを両手で示して見せた。

「そうです。どこかで見かけたんですか？」

「あ、あの、見かけたのは昨日なんですが」

身を乗り出した育へ、咲は慌てて付け足した。

永井町の近くで見かけたことを話すと、育はしゅんとした。

「じゃあ、長屋の近くにいたのね。どうして帰って来なかったのかしら……」

六ツの捨鐘が鳴り始めて、咲は疲れの見える育を促した。

「銀も今頃は、おうちに帰っているやもしれませんよ。ご一緒します。一度、おうちへ帰りましょう。これよりのちは、提灯でもないと探せませんし」

頷いた育を昌平橋へいざないながら、咲は神田明神を振り仰いだ。

しろとましろとは幾度か神田明神へ一緒に行ったり、境内で顔を合わせたりしている。

あの子らは、明神さまに行ったのか——？

しかし、咲はすぐに頭を振って打ち消した。

双子が逃げたのは、己を育のもとへやるためだったように思えてならなかった。

◎

育を連れて、昨夕、銀と虎猫を見かけた富山町の角を曲がると、これまた昨日かやが帰って行った東の通りから、ひろが少年と連れ立ってやって来た。

「まあ、お咲さん！」

ちょうど、育の長屋を訪ねるところなのだとひろは言った。

「さっきこの子が、かやたちがお育さんの長屋にいるって知らせてくれて……」

はたして、かやとすず、みつは、育の向かいの家にいた。

ひろと咲を見てかやは目を丸くしたが、すぐにぺこりと頭を下げた。

「だまって出て来てごめんなさい。でも、すずとみつが……」

「うん、この二匹が、どうしても帰ろうとしないんだよ」

かやたちと一緒にいた、向かいの家のおかみが言った。

このおかみがかつて育に銀を引き合わせた末で、少年は末の息子だった。

育を認めたみつが、上がりかまちから下りようとする。

「みつ！」

かやが慌ててみつを捕まえたが、みつはかやの手の中から育を見つめて鳴いた。

「にゃ……にゃ」

育が手を伸ばすと、みつは身を乗り出して目を細めた。

そんなみつを、かやの隣りにいるすずが温かい目で見守っている。

「……どうやらみつは、お育さんが気に入ったようですね」

咲が言うと、かやとひろも頷いた。

育は咲たちを己の家に促し、末から火種をもらって火鉢に火を入れると、猫一匹分だけ隙間(すきま)を残して戸を閉めた。

女四人で火鉢を囲んで座り込むと、かやは育にみつを手渡して、この一刻半ほどの成りゆきを話し始めた。

「お福久さんと勘吉が帰った後、みつはつかれたみたいで、しばらく大人しくなったの。でも、そしたら今度はすずが、わたしの周りを何か言いたそうにぐるりぐるりと回って、お外に行こうとしたの」

すずは前にも子供を産んでいるが、此度はみつが難産だったからか、前より産後の肥立ちが悪かった。

もしかしたら、猫又の山へ行くのはすずかもしれない。

みつはおっかさんがいなくなると知ってて、おっかさんについて行こうとしているんじゃないかしら――？

そう考えたかやは、みつを抱いてすずについて行った。

勝手口からそっと出たすずは、久右衛門町の北側の通りを西へ向かい、まずは玉池稲荷に寄った。

「玉池いなりにはとらねこがいて、声は出さなかったけど、すずはとらねこと何かお話しているみたいだった」

「虎猫が？」と、咲は思わず問い返した。

「うん。それで、すずは猫又の山じゃなくて、お友達とおしゃべりしに来たのかと思ったんだけど、玉池いなりを出たらまた、ずんずんうちとは反対の方に歩いて行って、ここまで来たの」

すずは途中で何度も振り返り、かやがついて来ているかどうか確かめたという。

長屋に着いたのは七ツ前だったが、あいにく育は留守だった。

「お留守だから帰ろうって言ったんだけど、すずはお育さんの家の前に座り込んで動かないし、わたしが帰ろうとすると、みつはにげようとするし、すずはおこるし……」

一人で二匹を連れては帰れないと途方に暮れていると、かやと猫たちの声を聞いた末が、かやを己の家に招き入れた。

「お末さんが、すずとみつは、お育さんにお礼を言いに来たんじゃないかって。わたしもそうかもしれないと思って、お育さんが帰って来るのを待つことにしたの」

だが、一刻ほど経っても育が戻らぬため、末が息子を八百久に走らせた。

「ほら、すずもみつも、もう気が済んだでしょう? おっかさんといっしょに、うちに帰ろうよ」

育の膝の上でくつろいでいるみつと、自分の隣りにいるすずに、かやは話しかけた。

育もみつを抱き上げ、かやに返そうとするが、みつは身をよじってこれを拒む。

「にゃっ」

「みつ！」

落ちそうになったみつを育の膝に戻してから、かやは咲とひろを見やった。

「……みつは、お育さんにもらわれたいんじゃないかしら？」

「どうも、そうみたいだね」

咲は微苦笑と共に相槌を打ち、ひろとかや、育をぐるりと見回した。

「勘吉やお福久さん――長屋のみんなもがっかりするでしょうけれど、みつやすずがお育さんがいいっていうなら致し方ありません。みんなきっと、判ってくれますよ」

育の目がみるみる潤んで、ぽたっと一粒涙が落ちた。

「おかやちゃん。猫又の山に行ったのは、うちの銀かもしれないわ。お末さんから聞いたでしょう？　銀ったら、昨日から帰って来ないのよ……」

袖で涙を拭い、育は嗚咽を漏らした。

「銀が迷子のみつを連れて来たのは、自分がもう長くないと知っていたからかもしれないわ……この一年ほどで、大分耳と目が悪くなったようだったの。近頃は食も細くなっていて、そろそろかと覚悟はしてきたけれど……まさか本当に、こんな風にいなくなるなんて……」

どう慰めたものかと、咲のみならず、ひろもかやも迷っているようだった。

束の間の沈黙の中、みつが育の膝の上で立ち上がった。

懸命に背伸びして、育が目頭に当てている袖に触れようとする。

育が袖を離してみつを見やると、今度は懸命に口を動かした。

「にゃ……にゃっ」

もらい泣きしたかやが、やはり袖を目にやってから、ひろと育に言った。

「おっかさん、わたし、今日はここにとめてもらっちゃだめ？　お育さん、今日はここにとめてもらってもいいですか？　そのぅ……みつが心配だから。お育さんも、かぜでも引いたら困るでしょう。私とすずとみつがいっしょにいれば、あったかいよ」

戸口の隙間をちらりと見やったかややは、みつよりも、育を案じているようだ。

「銀は、きっと帰って来るわ、お育さん。だって――だって、こんなお別れはあんまりだもの。もしも今夜も帰って来なかったら、明日はわたしもいっしょに銀を探す」

ひろが泊まりをよしとすると、育は涙を拭いて、大家のもとへ行った。

末はもとより、大家や他の住人も育を案じていたようで、大家が余っている掻巻を貸してくれ、おかみたちが夕餉をおすそ分けしてくれることになった。

咲とひろは夕闇が深まる中、それぞれの家路に就いた。

永井町の角を曲がって、昨日、銀と虎猫がいた塀を見ながら北へ曲がる。

と、右手の武家屋敷の塀沿いに、何やら大きな獣がやはり北へ向かっている。

野良犬かと咲が目を凝らしてみると、それは銀を背負った虎猫だった。

◎

とっさに呼び止めようとした咲は、向かいから歩いて来る人影を見て口をつぐんだ。

虎猫と銀の後を、咲は忍び足で密(ひそ)やかに追った。

銀の方がやや小さいが、二匹はさほど変わらぬ大きさだというのに、虎猫には銀の重さを苦にしている様子がない。

……しろとましろの知り合いだもんね。

お遣い猫か化け猫か――いや、あれこそ猫又か。

なんにせよ、あの虎はただの猫じゃない――

内心合点しながら、ともすると暗がりに見失いそうになる二匹に注意深くついて行く。

猫たちは武家屋敷の角を東へ曲がると、二町ほど歩いて松下町を北へ折れた。

このまま北へ向かえば、和泉橋の袂(たもと)に出る。

しろとましろの稲荷へ行くんじゃないか――？

虎猫と双子のかかわりを知りたい気持ちはあったが、これもまた双子には「秘密」にしておきたいことだろう。

——言っちゃ駄目！——

——誰にも言っちゃ駄目！——

いつかの双子の言葉を思い出しながら、咲は柳原に出たところで二匹を呼び止めた。

「そこの虎と銀、ちょいと待っとくれ」

虎猫が足を止め、銀を背負ったまま、ゆっくり振り返った。

虎猫と共に、背負われている銀も薄目を開けて、咲を見つめる。

「お育さんとこの銀だね？　あんた、このまま行っちまうのかい？　お育さんになんにも知らせずに？」

二匹の猫は何も応えず、だが、逃げもせず、じっと咲を見上げている。

「それが、あんたたちのやり方かもしれない……けれども、何か一言——いや、もう一目だけ、お育さんに会ってやってくれないか？　今生の別れに、もう一目だけ……」

銀が微かに目を伏せるのへ、思わず胸が締め付けられる。

判っていた。

銀も最後の最後まで、育と一緒にいたいと願った筈だ。

育と一緒にいようと努めた筈だ。

自分亡き後、独りになる育を案じながら――

「お育さんのために、みつを連れて来たんだろう？　あんたと、虎と、すずとみんなで一緒になってさ……昨日は、邪魔して悪かったよ。私らは知らなかったんだよ。あんたが、こんな風に逝こうとしているなんて」

銀は昨日、みつを連れて来るために、最後の力を使い果たしたのではなかろうか。育をみつに引き合わせ、何気ない顔をして散歩に出かけて消えようとしたものの、育を案じて、また育への未練から、日が暮れるまで近くにいたのではなかろうか。にもかかわらず、何も知らぬ咲たち人間が、みつを八百久へと返してしまったがゆえに、歩けなくなるまで無理をして、虎猫やすずの助力を頼んだのではなかろうか……

「……私も弱みを見せるのは嫌いだよ」と、咲は続けた。「殊に身内――弟や妹にはね。弟たちにはけして心配かけたくないし、足手まといにもなりたくない。だから時にふと、いつか『その時』がきたら、誰にも厄介かけずに、ころりと逝けないかと考えることもある。けれども――けれどもあんた、こんな別れ方はないだろう」

唇を嚙んで、咲は涙をこらえた。

微動だにせぬ虎猫の背中で、銀が再び咲を見上げる。

「みつはめでたく、お育さんが引き取ることになったさ。でも、お育さんは明日もきっとあんたを探しに出かけるよ。この寒い中、無理をして一日中、あんたをまた探しに行くよ。明日には、すずもおかやちゃんも帰っちゃうからね。みつはまだほんのちびだから、お育さんを止められない。ううん、お育さんを引き止めようとして、みつも無理をするやもしれないよ。あんたは――あんたたちは、それでもいいのかい？」

脅しめいた台詞を口にしながら、咲は必死に訴えた。

二匹はじっと咲を見つめているが、一層迫りくる宵闇のもと、顔や瞳から二匹の意を汲み取ることはできなかった。

ほどなくして、和泉橋を提灯を手にした男が渡って来た。

足音を聞いて男をちらりと見やった虎猫は、すっと身を翻して柳原の、しろとましろの稲荷がある方へ去って行った。

「あ！　待っとくれ！」

「えっ？」

驚いて足を止めた男へ、咲は小さく溜息をついた。

「あなたのことじゃないんです。知り合いが探していた猫がいましてね……でも、逃げられちまったみたいです」

「いやはや、驚いたよ」

そう言って、四十路過ぎと思しき男は苦笑を浮かべた。

「出し抜けに声を聞いたからね。こんな時分に、女が一人で提灯も持たずにふらふらしてちゃ危ないよ。私はてっきり――」

「てっきり?」

「物の怪かと思ったさ。あはははは」

近所なら送って行こうという男の申し出を断り、咲はぽつぽつ灯り始めた街の灯りを頼りに家路を急いだ。


既に夕餉を終えていた長屋の皆に、咲は事の次第を語った。

無論、銀と虎猫を見かけたことは省いてだ。

勘吉と福久を始め皆、かやとすず、みつの無事は喜んだが、銀が行方知れずのままなこと、また、みつが長屋に来ないことを知って気を沈ませた。

「仕方ないよ。みつと、みつのおっかさんが決めたことだからね」と、福久。

「うん……」

「いつでも遊びに来てくれって、お育さんは言ってくれたのよ。だから、近々、お育さんちに一緒に行こうね」

「うん……」

うつむき加減に生返事を返して、勘吉は路に促されて眠りについた。

遅めの風呂と夕餉を済ませたのちに、咲も夜具を広げて横になったが、疲れているにもかかわらず、なかなか寝付けなかった。

銀を見かけたことを、お育さんに伝えるか、否か……

虎猫はしろとましろに通じている、並ならぬ猫である。ゆえに咲は、銀がどんな最期を迎えるにしろ、けして悪いようにはならぬと信じている。また、育なら「猫又」と伝えても信じてもらえそうだが、虎猫のことを口外すれば、しろとましろとの約束を破ることになる。

虎猫のことは隠して、銀のことだけ伝えることも考えたが、よしんば銀が死地を探しに出たと信じてもらえたとしても、銀を最後に見かけたのが己では、育をより悲しませるようにも思えた。とはいえ、何も言わずにいれば、己が猫たちに告げた通り、育は明日もあさっても、銀を探して街をさまようことだろう。

――お節介――

――咲はいつもお節介――

ふと双子の台詞を思い出し、咲は夜具の中で溜息をついた。

これもお節介なのかねぇ……

悶々(もんもん)としながら四ツ過ぎにようやく眠り込んだ咲は、翌朝、六ツ前に勘吉の声で目が覚めた。

「おさきさん！　おふくさん！」

寝巻きのまま引き戸を開くと、同じようにして隣りからも福久が顔を覗かせた。

「こら！　勘吉」

やはり寝巻きのまま、路も勘吉の後を追って家から出て来る。

「おいらね、ねこまたのやまにいってきたよ」

「えっ？」

揃って驚き声を上げた咲と福久を、交互に見上げて勘吉はにっこりとした。

「ねてたら、とらがおこしにきたんだ。『じゃけん』にしたおわびに、おいらをねこまたのやまにつれてってくれるっていったの。ほんとはだめだけど、おわびだからいいんだって」

「虎ってのはもしかして、こないだ見た虎猫かい？」

「うん。とらはぎんをおんぶしてた。ぎんは、おいくさんとこのねこ。ぎんはつかれてあるけないから、とらがおんぶして、いっしょにねこまたのやまにいったの」

勘吉が虎猫について表へ出ると、虎猫はまず神田川の方へ向かった。だが、勘吉は常から川には近付かぬよう言い聞かせられている。

「おいら、かわはだめっていったんだ。とらたちはみつよりはおっきいけど、おいらよりはちいさいから、かわにちかづいちゃだめだって。そしたら、とらがくるくるした」

「くるくる？」

虎猫が銀を背負ったまま、己の尻尾を追うようにひとところでくるくる回り出し、そんな虎猫を目で追ううちに勘吉は風に巻かれて、いつの間にやら虎猫や銀と共に猫又の山にいたというのである。

「ねこまたのやまについたらね、ぎんはすぐにげんきになって、みんなとおしくらべをはじめたんだ。とらがおいでっていったから、おいらもぎんとみんなといっしょに、おしくらべした」

「だから、わーわーうるさかったのね」と、合点したように路が頷いた。

「だれがうるさかったの？」

「あんたよ、勘吉。あんなにうるさい寝言は久しぶりだったわ。それにしても、おかしな夢を見たものね」

「ゆめじゃないよ、ほんとだよ」

「ほんとなら、いいわねぇ……」

「だから、ほんとだよ」

大真面目（おおまじめ）に繰り返す勘吉を横目に、咲は福久と見交わした。

咲ほど信じているかは判らぬが、福久も何やら安堵の表情を浮かべている。

朝餉を食べ終えると、咲は勘吉と福久を誘って、育のもとへ向かった。

昨晩、銀に会ったことを話すかどうかはまだ迷っていたが、勘吉の夢がなんらかの救いにならぬかと願ってのことである。

朝も早くからの来客を、育は快く迎えてくれた。かやにすず、みつが一緒だったからか、昨夕よりもずっと顔色がいい。

育の家でも朝餉を済ませていて、みつは重湯の他、鰹節（かつおぶし）の粉を交ぜた一分粥（いちぶがゆ）も匙に一杯だけだが食べたという。

「おかやちゃんはもう帰ったわ。今日はちゃんと、指南所に行かないといけないからって。でも、昼からまた来てくれるんですって」

すずもかやと一緒に八百久へ帰ったが、みつは追わずに見送ったそうである。

勘吉が猫又の山に行ったことを話すと、育は目を細めて微笑んだ。

「あら、じゃあ、あの押し競べに勘吉もいたのね。あんまりたくさん猫がいたから、気付かなかったわ」

「おいくさんも、ねこまたのやまにいったの？」

「ううん」と、育は首を振った。「私は夢で見ただけよ。勘吉は小さいから風に乗って行けたけど、私は大人で重いから、置いてかざるを得なかったんだろうねぇ。でも、きっと虎が——あの猫又が——情けをかけてくれたのよ。だから、銀が無事に猫又の山に着いて、あっという間に元気になって、みんなと一緒に押し競べしたり、かけっこしたりするところを見せてくれたのよ」

育が言うように、虎猫は多少なりとも情けをかけてくれたらしい。

ただの夢やもしれない。

だとしても、勘吉と育が同夜に同じ夢を見たことは、虎猫の温情に違いなかった。

——いいんだ。夢だろうがなんだろうが、お育さんは——勘吉も——信じてる。

私もお福久さんも、おかやちゃんも……

かやが指南所行きを決めたのも、育が夢を話して聞かせたからだと思われた。

「とらは、やっぱりねこまた？」

「ええ。だって、猫又の山では尻尾が二本あったもの。他の猫もみんな二本ずつ。銀もいつの間にかもう一本生えてたわ」

「ふうん、おいら、おしくらべにむちゅうで、ちっともきづかなかった」

「あらあら……」

再び目を細めた育の膝からみつが下りて、勘吉と福久、それから咲の前を身を寄せながら、行ったり来たりした。きびほど軽やかではないものの、初めて見た八日前よりずっとしっかりとした足取りだ。

「ちっちゃいなぁ……」

勘吉が手を伸ばすと一度は逃げたが、戻って来て、二度目は大人しく身を任せた。

「にゃ」

「たくさんたべて、ねて、もっとげんきになるんだぞ?」

「にゃ」

みつの名は、変えずにそのまま使うと育は言った。

「うんと昔の子供の頃にも、猫を飼っていたことがあったの。だから、銀が二匹目、みつが三匹目なのよ」

「よかったわ」と、福久。「もう、みつで覚えちゃったから、今更他の名前になったら、思い出せるかどうか……」

「ふふ、実はそのためでもあるの。新しい名前をつけても、私の方が忘れちゃいそう」

「あらまあ。お互い、物忘れには気を付けないと」

「ええ、みつのためにも、長生きしないと……」

今少しみつと遊んで帰るという勘吉と福久を置いて、咲は育の長屋を後にした。


まっすぐ家には帰らずに、咲はしろとましろの稲荷神社へ向かった。

道中にも稲荷にも双子は見かけなかったが、代わりに鳥居の前に虎猫が佇んでいた。

虎猫の尻尾は一本だが、先が少しだけ二つに分かれている。

思わずにやりとした己を振り返った虎猫に、咲は慌てて頭を下げた。

「昨晩はありがとう――ございました。実に粋な計らいで、お育さんも、勘吉も喜んでおりました」

昨晩と同じく、虎猫はじろりと咲を見上げるのみだ。

「あの……猫というのはみんないずれ、猫又の山に行くんでしょうか？」

うんともすんとも言わぬ虎猫に、咲は続けて口を開いた。

「その、昨日はぞんざいな口を利いて失礼いたしました。ですが、呼び名がないのは不便ですので、これからは『虎さん』とお呼びしてもようございますか？」

ほんの微かに、やや呆れたように、虎猫が眉をひそめたように見えたが、気のせいやもしれなかった。

「あの、昨晩のことも、あなたさまのことも、けして他言いたしませんので……」

これまた微かにだが、此度はそれと判るほどには頷いて、虎猫は立ち上がった。

ゆっくりとこちらへ足を踏み出して、だが咲には触れぬようにすれ違う。

虎猫が小道の向こうへ見えなくなるまで見送ってから、咲は鳥居をくぐってお参りを済ませた。

神狐の足元にもそれぞれ四文銭を置くと、胸の内で話しかける。

どうやら、収まるとこに収まったみたいだね。

なんだか判らないけど、此度もあんたたちが一枚嚙んでいるんだろう？

あんたたちも、やるじゃないの――

家に戻ると、咲は縫いかけの九尾狐の刺繡を手に取った。

ちくちくと首から胴へと針を進めていくうちに、九之助の言葉が思い出された。

――尾崎は尾の先っぽや、尾が裂けているという字の他に、『御先』と書くこともあり、それはつまり尾崎狐もまた、神の遣いである証かと――

とすると、猫又も実は「御先」、つまりは神さまのお遣いかもね……

猫又も化け猫も、人を脅かしたり、襲ったり、祟ったりと、悪事の逸話が多い。だが、悪さをするのはほんの一握りで、猫又だろうが化け猫だろうが、実はやはり瑞獣やもしれないと咲は思った。

そういえば、猫も縫ったことがなかったか――

江戸に猫好きは多いものの、絵や置物はともかく、小間物はあまり見かけない。干支に入っていないがゆえに、咲もこれまで守り袋やお包み、背守りに、猫の意匠を使ったことがなかった。

――次は一丁、猫の巾着でも縫ってみるか。

咲が笑みをこぼすと同時に、「ただいまぁ！」と勘吉の声がした。

冬の木枯らしもなんのその。

勘吉は表で路や由蔵に、みつの様子や育が見た夢などを語り始める。

その弾んだ声を聞きながら、咲は穏やかに、一針、また一針と、手を動かした。

第三話　職人の銘(めい)

朝のうちに九之助の財布を仕上げてしまおうと、咲は六ツ半には針を手にしていた。

二刻余り一心不乱に針を動かして、最後の糸始末を終えると、咲は出来上がった財布を下描きと並べてつぶやいた。

「うん、上出来だ」

独り言なんて年寄り臭い――と思わぬでもない。

だが、思わず自賛を漏らすほど、出来には心から満足していた。

九之助は筆の強弱で九尾狐の霊妙さを描いたが、咲は糸の濃淡でそれを表した。狐の身体もいわゆる狐色よりも、飴色や黄朽葉色、黄橡色などを使い、影となる藍も六つほど違う色の糸を使って深みを出した。青月の影に藍よりも明るい瑠璃紺を使ったのは、九之助もまた、瑠璃は魔除けと知っていたからだ。

今一度にんまりしてから、咲が袱紗に財布を包んでいると、表から勘吉の声がした。

「おさきさん！　たいちさん！」

「太一？」

驚いて、咲は急いではしごを下りた。

戸を開くと、勘吉に手を引かれた太一がやって来る。

「たいちさんがきたよ」

「よう、姉さん」

「よう、ってなんだい。どうしたんだい？　何があったんだい？」

矢継ぎ早に問うと、太一は噴き出した。

「なんにもねぇよ。なぁ、勘吉？」

「うん、なんにもねぇよ」

真似をして目を細めた勘吉の手前、咲も微笑んでみせたが、内心穏やかではない。

「なんでもないってこた、ないだろう」

勘吉に礼を言って家へ戻してから、咲は上がり込んだ太一へ眉根を寄せた。

「ちょいと仕事の息抜きにさ、銀杏を持って来たんだ」

「銀杏？」

「南瓜や蓮根はもうあるだろうと思ってよ」

霜月十九日の今日は冬至で、一年で最も日の出から日の入りまでが短く、陰が極まり、陽に転ずる日でもある。陰の気を祓(はら)うには、「ん」がつく食べ物が縁起が良いといわれており、巷(ちまた)では冬至には南瓜——南京(なんきん)——に蓮根、人参(にんじん)、銀杏、金柑(きんかん)、寒天、饂飩(うどん)などの他、邪気を祓うという小豆を食べる慣わしがある。

「そりゃありがたいけど、本当にそれだけかい？」

「疑り深いな」

銀杏を入れた笊(ざる)を差し出しながら、太一は苦笑した。

「けど、うん、他にも用があってだな……」

「そんなこったろうと思ったよ。なんなのさ、一体？」

「姉さんのことだ」

「私のこと？」

不意打ちに言われて、咲は目をぱちくりした。

反対に、今度は太一の方が眉根を寄せて真剣な面持ちになる。

「とぼけたって無駄だぜ。姉さんが男と、旅籠(はたご)へしけ込むところを見たんだからな」

「見たって——あんたが？」

「立花(たちばな)の奉公人さ。姉さんより拳(こぶし)二つ分ほど背が高い、鯔背(いなせ)な美男だったとか。雪(ゆき)が言うには、錺師(かざりし)の修次(しゅうじ)さんだろうって」

立花の奉公人は、ちょうど田原町に遣いに来ていたらしい。のちに話を聞いた雪が、太一に探りを入れるよう、またしても小太郎に言伝を頼んだらしい。

「ああ……」

立花と聞いて、咲は合点がいった。

「そりゃあんた、早とちりだよ」

「早とちり？」

「立花の人が私らを見たのは、田原町の郷屋って旅籠だろう？　あすこには、狐魅九之助って戯作者が間借りしててね。私と修次さんは九之助さんから注文を受けて、一緒に郷屋を訪ねたんだよ」

厳密には注文を受けたのは己だけだが、更なる誤解を生まぬように咲は言った。

「こみ、くのすけ？」

疑いの目を向けた太一へ、咲は二階から出来上がったばかりの財布と、九之助の下描きを持って来て見せた。

「九尾の狐か……こりゃ、すげぇや」

「下描きは九之助さんが描いたんだ。九之助さんは大の狐好きでね。他にも狐を描いた絵や本、毛皮やら、お面やらまで持っててさ」

「ふうん……じゃあ、修次さんとは」

「なんにもないよ。前に言ったろう？　あの人とはただの職人仲間だって」

「ただの職人仲間だなんて、雪も小太郎さんも思っちゃいねぇぞ」

「誰がなんと言おうと、私と修次さんは男と女の仲じゃない。正真正銘、ただの友人さ。雪や小太郎さんにもそう言っときな」

嘘偽りのないことであるから、咲は胸を張って堂々と応えた。

束の間のしかめ面ののち、太一は眉間の皺を解いて溜息をついた。

「まったく、雪のやつ……」

「けどまあ、あんたを寄越してくれたのは助かったよ。そろそろ、祝言の支度を始めなきゃと思ってたんだ」

雪から話を聞いて一月余り、なかなか挨拶の日取りが決まらなかったが、少し前にようやく、六日後の二十五日に源太郎・小太郎宅に伺うことになった。

「小太郎さんから聞いたかもしれないけど、源太郎さんが親方さんといろいろ話をしていたみたいでね。ずっとお世話になってきたんだもの。喧嘩別れってのもなんだからさ。そこそこでも丸く収まってよかったよ」

「そうだな」

「雪の都合で八ツになったけど、挨拶には、あんたも顔を出してくれるんだろう？」

「たりめぇだ」

太一が大きく頷いたところへ、再び勘吉の声がした。

「おさきさん！　しゅうじさん！」

「えっ？」

太一と声を揃えて、咲は腰を浮かせた。

戸を開くと、修次は目ざとく太一を見やって言った。

「先客がいたのか。すまねぇな」

「いや、いいんだよ。これは弟の」

「太一といいやす」

咲を遮って太一が名乗る。

「俺は修次だ。太一さんのこた、聞いてるよ。文月に祝言を挙げたんだってな。遅れ馳せながら、おめでとさん」

「ありがとうございます。俺も、修次さんのこた聞いてやす。名うての錺師で、姉とは職人仲間だとか」

「ははは、そうかそうか」

笑い飛ばしてから、修次は続けた。

「昼餉に柳川で蕎麦はどうかと、お咲さんを誘いに来たんだが、よかったら太一さんも一緒にどうだい？」

「お伴しやす。ちょうど腹が減ってきたとこだ」

「ちょっと、あんたたち……」

咲をよそに、あれよあれよと話が決まり、太一はさっさと草履を履いた。

「おさきさんたち、おでかけ？」

「うん、なんだかそうなっちまったよ」

「ふうん、そうなっちまったのか」

もっともらしく己の言葉を真似た勘吉には、つい苦笑が漏れる。だが、木戸へ向かう修次と太一の後を追う咲の心中は、けして穏やかとはいえなかった。

道中でも柳川でも、男二人は世間話に終始した。

しかしながら、咲が安堵したのも束の間だった。昼餉ののち、今一度長屋に寄って行くものと思っていた太一が、修次と共に木戸の前で暇を告げたのだ。

「ちょっと、雪の挨拶はどうすんのさ？」

「二十五日の八ツに小太郎さんちだろ？　お桂にも伝えとく」

「それだけじゃないよ。手土産に五十嵐のお菓子を持って行くつもりだから、その注文もしとかないと」

五十嵐は大伝馬町の菓子屋で、桂の実方である。

「おう、任せとけ」

それだけ言うと、太一はひらひら手を振って、申し合わせたように修次と連れ立って行ってしまった。

新銀町にある修次の家は、平永町にある咲の家からは通新石町を挟んで四町ほど西に位置している。太一の家はやはり四町ほど離れた下白壁町にあるが、こちらは南南西の方角だから、常なら二人が長く同行することはないのだが、何やら嫌な勘が働いた。

だからって、なんも後ろめたいこたぁない――

二人のやり取りは気にかかったが、そう己に言い聞かせて、咲は昼からも仕事に勤しんだ。

翌日は昼過ぎに、勘吉や福久と一緒に木戸を出た。

長屋を出てすぐ、育の家を訪ねる二人と別れると、咲は桝田屋へ足を向けた。

通りがかりの松葉屋に修次の姿はなかったが、松葉屋を過ぎてすぐ、北へ歩いて来るしろとましろの姿を見つけた。

「咲だ」

「咲が来た」

双子も咲に気付いて駆け寄って来た。

「なんだい、あんたたち？　ご機嫌だね」

「うふふふふ」

「ふふふふふ」

笑いながら守り袋に触れたところをみると、駄賃をもらったばかりのようだ。

「お駄賃を弾んでもらったみたいだね。——ってこた、こないだのお遣いはうまくいったんだね？」

「うん、うまくいった」

「あの後、うまくいった」

「へぇ……なんだか私のせいでしくじりそうだ、なんてこと言ってたけれど、結句うまくいったんだね？」

「う、うん」

「だって、あれは」

「あれは、なんだい？」

束の間もじもじしたのち、しろとましろは小声で言った。

「……あれは八つ当たり」

「……実は八つ当たり」

「ふうん、八つ当たりだったとはねぇ――」

「ごめんなさい」

「ごめんなさい」

二人の先だってのお遣いは、虎猫や銀に頼まれての、育とみつの仲立ちではないかと咲は推察していた。己の「お節介」とは、福久がみつを引き取れるよう、助力したことではないか、とも。

けど、お遣いのことも、虎さんのことも、訊かない方がいいんだろうね――

揃ってぺこりと頭を下げた双子へ、咲は微笑んだ。

「いいさ。丸く収まったってんならよかったよ」

巾着から袱紗を取り出し、咲は顔を上げた二人の前で開いた。

「九之助さんからの注文さ」

九尾狐の財布を見て、双子が目を丸くする。

「わぁぁ」

「わぁぁぁ」

「咲は縫箔師」

「ほんとにほんとの縫箔師」

「何を今更……」

二人の尊敬の眼差しが照れ臭く、咲はわざとらしくつぶやいた。

「狐は瑞獣だもんね」

「みんな瑞獣だもんね」

顔を見合わせてにこにこしてから、双子は問うた。

「九之助はほんとはいい人？　悪い人？」

「ほんとは悪い人？　それとも、いい人？」

「悪い人じゃあないけれど、いい人とも言い難いよ。あの人の、狐への執着は並大抵じゃないからね。あんたたちの守り袋の紋印は、伏見稲荷のものなんだろう？　伏見稲荷といえば、稲荷大明神さまの本社だもの。さぞたくさんのお狐さまが、出入りしているに違いないよ。となると、その守り袋も九之助さんにとっちゃ、狐に通じる貴重な物なのさ。だからやっぱり、あんたたちはあの人には近付かない方がいいよ」

咲の言葉を吟味するように、双子はしばしひそひそと、咲には聞こえぬ囁きを幾度か交わした。

「おいらたち、気を付けるよ」

「九之助には、気を付ける」

「うん、それがいい」

三人で頷き合って、双子は北へ、咲は南へと別れた。

日本橋を渡る間にも、九之助の財布に目を丸くした双子を思い出し、口元を緩めながら桝田屋の暖簾をくぐる。

「あ、お咲さん！」

美弥が咲を認めて弾んだ声を出した。

「よかった！　お客さまがお待ちなのよ」

上がりかまちの隅に腰かけていた男が立ち上がった。

「月白堂の文七といいます。本日は、お咲さんに着物の注文をいたしたく……」

「き、着物？」

耳を疑って、つい上ずった声が出た。

「ああ、ですがその、着物といっても」

「お引き受けいたします。着物なら、なんでも。いつでも」

独り立ちして以来、着物の注文はきたことがない。

そもそも、いまや縫箔入りの着物を着るのは役者くらいで、質素倹約をかかげる松平（まつだいら）老中のもとでは、着物はおろか、小間物でさえ贅（ぜい）を尽くした物ははばかられている。

「お咲さん、落ち着いて」

勢い込んだ咲を、美弥が微苦笑を浮かべてなだめた。

「月白堂さんは、十軒店（じっけんだな）にある人形屋よ。つまり、着物は着物でも、お人形に着せる着物をご所望なのです」


人形の着物、と聞いて、きょとんとしたのも束の間だ。

着物は着物だもの——

こみ上げる喜びを隠し切れずに、咲は応えた。

「お人形の着物でも、是非、私に縫わせてください」

「ええ。そのためにお伺いしたのですから」と、文七は微笑んだ。

座敷で改めて話を聞くと、注文に至ったきっかけは、神無月に納めた酉年用の土鈴を意匠とした守り袋だった。

「先日、うちにいらしたお客さまの娘さんが、お咲さんの守り袋を身につけていらしたんです。刺繍が見事だったので、お客さまにお訊ねしたところ、桝田屋でお買い求めになったと教えてくださいました。ちょうど旦那さまが、手がけている人形に縫箔入りの着物を着せたいと話しておりましたので、多忙な旦那さまの代わりに私がこちらにお邪魔して、猿の守り袋や女将さんの財布を見せていただきました」

美弥の財布も咲が作った物で、志郎と対の竹に雀を意匠としている。

月白堂の店主は楠本英治郎という人形師で、四代目だという。

「旦那さまは私の識見を信じてくださっていて、着物の注文は任されて来ましたが、つい先ほど、女将さんから縫箔師は女性だとお聞きして驚きました。旦那さまも、きっと驚かれることと思います」

縫い物を内職にしている女は珍しくないのだが、仕立屋の多くは男である。というのも、「ちゃんとした」着物ほど、男仕立てが好まれているからだ。縫箔師も言わずもがなで、咲は己の他、女の縫箔師を知らない。

美弥も志郎もそのことを心得ていて、咲の作った小間物は、客がしかとした興味を示すまで、縫箔師が「女」であることを明かさぬようにしている。

――女仕立てだということで、つまらない偏見を持って欲しくないのよ――

桝田屋と取引を始める際に、美弥はそう断っていて、咲も承知していることだ。

「もしや楠本さまは、男仕立てをお望みなのでしょうか……？」

おそるおそる問うた咲に、文七は温かい目を向けた。

「お望みも何も、女性の縫箔師がいるとは思いも寄らぬことでしょう。ですが、あなたが女性だというだけで、注文を取り下げることはありません。旦那さまは、そういった偏見とは無縁のお方ですから」

咲が胸を撫で下ろしたのが伝わったのか、文七は再び微笑んだ。

文七は咲より少し年上の、三十路前後と思われた。背丈は五尺五寸ほど、撫で肩で柔和な顔立ちと物腰が、老舗の人形屋勤めにしっくりしている。

文七って名がなんだけど……

そう、咲が内心くすりとしたのは、文七が浄瑠璃人形の「文七」とは、似ても似つかぬからだ。人形の文七は、太眉に鋭い目つき、きりっとした口元など、男役の中でも男らしい顔つきだが、目の前の文七は細眉に切れ長の目で、撫で肩と合わせると、人形にたとえるなら「娘」の方がよほど似ている。

文七に問われるまま、咲は弥四郎のもとで修業したことや、六年前に独り立ちして、今は主に小間物を手がけていることを話した。

「連雀町の弥四郎さんですか」

「ご存じですか？」

「お名前は耳にしたことがあるような……うろ覚えですみません。もしかしたら、先代か先々代がお世話になったやもしれません。今はめっきり減りましたが、一昔前は、人形に縫箔入りの着物を着せることも珍しくなかったと、旦那さまから聞きました」

弥四郎宅では、咲の兄弟子にして元許婚の啓吾が文月に四代目の名を継いだ。

「楠本さんも四代目なら、お付き合いがあってもおかしくありませんね」

着物の寸法や意匠は改めて、近日中に文七が長屋に持って来るという。

「それはありがたいのですが……あの、叶うなら、私がそちらへお伺いしますので、お人形を見せていただけないでしょうか？」

「人形を？」

「実際に着る方の見目姿やお人柄を知っていた方が、より良い物が縫えるのです。親方からも、そう習いました」

着る者を――能装束なら、役柄を――思いながら縫うように、弥四郎は弟子たちに教えていた。そのために、できうる限りその者を訪ねたり、招いたり、舞台装束であれば、あらすじや役柄を説いたりしている。

「顔立ちや身体つき、肌の色などでも、似合う意匠や色が違ってきます」

「なるほど。それでは、旦那さまに相談させてください。仕上げ前の人形をお見せするとなると、私の一存では決められませんので」

美弥と共に文七を見送ったのち、再び座敷へ戻って、九之助の財布を納めた。

美弥からも惜しみない称賛を受け取ったが、咲の頭は既に着物で一杯だ。

「もう、お咲ちゃんたら！」

着物に備えて、匂い袋や守り袋、修次の財布を早めに作ってしまおうと、咲は苦笑する美弥へ早々に暇を告げた。

長屋に帰って、早速、瑞香堂の匂い袋を縫い始める。

と、七ツを半刻ほど過ぎてから、太一の妻の桂が訪ねて来た。

「お桂さん、一人かい？」

桂とは幾度も顔を合わせているが、二人きりというのは初めてだ。

「寒いだろう？　早く上がっておくれ。一体どうしたんだい？　太一が何かやらかしたかい？」

我ながらせっかちだと思いつつも、昨日太一にもそうしたように、つい矢継ぎ早に問うてしまう。

「大したことじゃないんです。その……お菓子の注文を確かめに」

微苦笑を浮かべて、桂は草履を脱いで咲の前に座った。

「――というのは口実で、太一さんから頼まれごとがありまして」

「太一から？」

「お義姉（ねえ）さんだから正直に打ち明けますけど、お義姉さんと修次さんの仲を探って来るようにとのご用命です」

「もう！　あの子もしつこいね」

胸を撫で下ろしながら、咲も苦笑を漏らした。

「じきに師走（しわす）だからさ。もしや掛け取りに払う金が足りない、なんて言い出すのかと思ったよ」

「それはあんまりですよ、お義姉さん。太一さんは途切れずに仕事がありますし、私もうちから給金をもらっておりますし、そう贅沢（ぜいたく）はできませんけれど、ちゃんとやり繰りしておりますから」

　桂は太一と一緒になった後も、通いで実方の菓子屋を手伝っている。

「それならいいんだよ。つまらないこと言ってすまなかったね。どうも、私には太一がずっと十五、六の小僧のまんまに思えてね。あの子も――おっと、もう『あの子』じゃないか。太一ももう、二十三だもの。早いもんだよ」

「やめてくださいよ、お義姉さん。うちの親みたいな物言いは……お義姉さんと太一さんは、たった四つしか違わないじゃありませんか」

「そうだけどさ」

「お義姉さんが、太一さんの親代わりだったことは聞いています。でもやっぱり、太一さんや――私にも――お義姉さんは『お姉さん』ですよ。ですから、太一さんは――私も――修次さんとの仲が気になっているんです。もしやお義姉さんは、ご自分が身を固めるのは、親代わりとしてお雪さんの祝言を見届けてから、などとお考えではなかろうかと……」

「あはは、あんたたちときたら、まったく――修次さんは職人仲間だって、何度言えば判るんだい？」

「やっぱり職人仲間ですか？」

「やっぱりも何も、変わらないよ」

「ほんとにほんとですね？」

「ほんとにほんとさ」

疑いの目を向ける桂に、咲はにっこりしてみせた。

太一が桂にこんな「頼みごと」をした理由は、昨日の家路にあるに違いない。

連れ立って帰って行った太一と修次が、何を話したかは気になったものの、こちらから探りを入れれば太一の思う壺だろう。

「私のことより、お菓子の話をしようよ。訪ねて来てくれて助かったよ。太一はこういう手配りは今一つだからね。お菓子のこた、後で五十嵐に確かめに行こうか、迷ってたとこだったんだ」

話を変えて、菓子や挨拶のことをしばし打ち合わせたのち、咲は世間話のついでに月白堂から注文があったことを話した。

「じゃあ、月白堂に行かれるんですか？」

「まだ、そうと決まった訳じゃないけどね」

「もしも旦那さんに会われたら、どんなお人だったか、後で是非教えてください」

身を乗り出すようにした桂曰く、人形師にして店主の楠本英治郎は、滅多に人前に姿を現さぬ変わり者らしい。

「また変わり者かい……」

九之助を思い出しながらつぶやいた咲へ、桂は興味津々に頷いた。

「うちの者やお客さんから聞いたんです。変わり者だけど、相当な美男だそうですよ」

月白堂は間口四間と瑞香堂とそう変わらぬ大きさだが、店者は奉公人の文七と英治郎の妹夫婦の三人のみ。客の相手はもっぱら文七と妹が、仕入れや届け物はからくり人形師でもある妹の夫が担っているという。

「月白堂は、英治郎さんのお祖父さんが三代目だったんです。でも、英治郎さんのお父さんは四代目を継ぐ前にお亡くなりになったから、英治郎さんが十代で四代目となったと聞いています。その折に一度祝言を挙げたんですけれど、英治郎さんは子供の頃から人形作りばかりしてきたから、お嫁さんは放ったらかしで、お嫁さんは半年と経たずに心中を企てたとか」

「心中？」

「ええ。お嫁さんはなかなかの美女で、美男の英治郎さんにべた惚れしてお嫁にきたのに、英治郎さんが人形にばかりかまけているのが、腹立たしいやら、悲しいやらで、ある晩、寝ていた英治郎さんを刺し殺して、そののち自分も命を絶とうとしたそうです」

英治郎は首を切りつけられたが一命を取り留め、取り乱した嫁はその場で、奉公人に取り押さえられた。英治郎にも非があったとして、月白堂はことを表沙汰にしなかったが、嫁は離縁状と共に出て行ったそうである。

「人形師の刃傷沙汰とは、こりゃまた戯作にでもなりそうな……」

「英治郎さんはほとんど家にこもっているから、色白なのはもちろんのこと、すらりとしていて、役者のごとき妖艶な方なんですって」

「ふうん、そんなら一目拝んでみたいもんだね」

「でしょう？」

我が意を得たりと頷いてから、桂は慌てて付け足した。

「その、言うまでもなく、私は太一さんが一番です。いくら美男だからって、変わり者はごめんです。でも、それとこれとは話が別です。お義姉さん、月白堂に行ったら、是非ともこの噂が本当かどうか、その目で確かめて来てくださいよ」

「ははは、もしも顔を合わせることがあったら、後で必ず知らせるよ」

翌日。

朝のうちに匂い袋を仕上げると、咲は一服する間も惜しんで、桝田屋の守り袋に取りかかった。

此度の意匠は戊年用の土鈴の犬だ。昼餉の前に下絵を入れてしまうべく、黙々と筆を進めていると、勘吉が呼んだ。

「おさきさん！　おきゃくさん」

ただの「おきゃくさん」なら、修次や太一ではなさそうだ。もしや文七かと、咲は喜び勇んではしごを下りたが、戸口にいたのは親方の弥四郎だった。

「親方——ご、ご無沙汰しております」

「なんだ？　がっかりさせてしまったようだな？」

「そんな。驚いただけです」

「そうか？」

「縫箔のお客さんかと思ったんです。此度、人形の着物を注文してくださるというお客さんが現れまして」

「月白堂の文七さんかい？」

「ご存じでしたか？」

昨日の今日ゆえ、咲は再び驚いた。

「ご存じも何も、その文七さんがお前に岡惚れしていると聞いたから、こうして訪ねて来たんだよ」

「お、岡惚れ？」

三度驚いた咲を見て、弥四郎が破顔する。

「――というのは、まだ定かではないのだが、皆がそう言うもんでな。ちょうど出かけるついでがあったから、ちょいとからかいに寄ったのだ」

文七は今朝、五ツ過ぎに弥四郎宅を訪ねて来たそうである。

「文七さんは、お咲を疑っちゃいなかったがね。店主は半信半疑らしい。お前が本当に私の弟子だったかどうか、確かめて来いと命じられて来たようだった。お前の身元は私が、腕前は四代目が太鼓判を押したがね」

「啓吾さんが？」

「文七さんが会いに来たのは『弥四郎』だからな。私はもう隠居の『三四郎』さ」

初代弥四郎もそうだったが、三代目も四男で、こちらは本名が「四郎」であった。啓吾の襲名にあたって弥四郎は名を本名に戻そうとしたのだが、「弥四郎」と「四郎」では聞き間違いが多いため、三代目の三を入れて「三四郎」としたそうである。

「ややこしいですね」

「うむ。四月経ったが、互いにまだ慣れんでな。内輪ではまだ啓吾と呼んでおる」

苦笑してから、弥四郎は続けた。

「それで、のちに啓吾や他の弟子が言うには、月白堂の主がわざわざ身元を確かめたのは、お咲に岡惚れした文七さんのためじゃないか、と」

「莫迦莫迦しい」

「そうか？」

呆れた咲に、弥四郎は珍しくいたずらな笑みを向けた。

「少なくとも文七さんは、お前の腕前には惚れ込んでるぞ。何ゆえ此度の注文に至ったか、店先で見かけたという守り袋から、桝田屋で見た物までこと細かに覚えていて、出来を褒めていた。見る目のある男だよ。お前の腕前を見込んでの注文なんだ。言うまでもなかろうが、しっかりおやり」

それだけ言うと、弥四郎は早々に辞去して行った。

からかいに寄ったというのは本当で、岡惚れ云々は冗談だろう。

英治郎とは直に顔を合わせておらぬから、己の身元を疑ったのも無理はない。若い時分には、こうしたことに逐一腹を立てたものだが、咲はもう六年も「女職人」として一人でやってきた。此度に限らず、腕前はもとより、弥四郎の弟子という経歴を疑われたことも一度や二度ではない。

見る目のあるお人なら、「女仕立て」を気にするもんか——

だが、そういった気概や矜持を保つことができたのは、弥四郎を始め、美弥や志郎など、己の腕前を認めてくれた者たちがいたからだ。

修次さんも……

修次の顔と共に、この二月余り、幾度となく思い巡らせてきた財布の意匠がぼんやり浮かぶ。

と、木戸の方から勘吉の声がした。

「しゅうじさん、いらっしゃい！」

どきりとして腰を浮かせると、二人の足音と話し声が近くなる。

「さっきもね、おさきさんのおきゃくさんがきたの」

「ふうん、太一さんかい？」

「ううん、たいちさんじゃない。『おかぼれ』のひと」

「岡惚れ？」

どうやら勘吉は、弥四郎と咲の話を漏れ聞いていたようである。

「おかぼれはね、こっそりすきなひと。おさきさんを、こっそりすきになったひと。おっかさんがさっきおしえてくれた」

「勘吉！」と、呼んだのは路だ。

咲が戸口から顔を出すと同時に、路が賢吉を抱いたまま表へ出て来る。

「あんたはもう……おうちへ入りなさい。少し早いけど、お昼にしましょう。今日もみつのところへ遊びに行くんでしょう？」

「はぁい。じゃあまたね、しゅうじさん」

「おう」

勘吉に手を振ってから、修次は咲を柳川に誘った。

「……誰があんたに岡惚れしてんだ？」

「あれはただの、親方の冗談さ」

渋面の修次に、咲は弥四郎が訪ねて来たことや、その理由を話した。

「月白堂の文七か……」

「知ってんのかい？」

「いや……だが、四代目英治郎の噂は聞いたことがある。お咲さんに岡惚れしたのは、実は英治郎の方じゃねぇのかい？」

「莫迦莫迦しい」

これまた言下にいなすと、咲はさっさと柳川へと足を向けた。

❀

修次の方もようやく簪の意匠を思いついたそうだが、「できてからのお楽しみ」として、取り換えるその日まで互いに明かさぬよう、改めて約束を交わした。

——文七が長屋を訪ねて来たのは更に三日後の、二十四日の昼下がりだった。

「遅くなって申し訳ありません。旦那さまのお身体がしばしすぐれず、なかなか込み入った話ができずにおりました」

弥四郎宅を訪ねたことには触れずに、文七は言った。

「旦那さまも、是非ともお咲さんと直にお話ししたいということで、よろしければ、今日にでもおいでいただけたらと存じます」

「喜んでお伺いいたします」

明日は雪の祝言のために、源太郎宅へ赴くことになっている。桂に約束した手前、今日のうちに英治郎を「確かめて」来られるなら、願ったり叶ったりだ。

よそ行きに着替えると、咲は束の間迷って、水仙の刺繡が入った巾着に矢立を入れる。冬の巾着として、寒椿を意匠とした物も持っているのだが、年明けには二十八歳となる己には、深緋の花はまだしも牡丹色の花はもう似合わぬように思われる。次の冬までに、今少し落ち着いた色合いの巾着を縫おうと決心しつつ、咲は文七の案内で月白堂へ向かった。

先日、桝田屋からの帰り道に月白堂を探して、咲は月白堂が長月に、しろとましろが茶運童子のからくり人形を眺めていた店だと知った。

「本当にうまいこと動くので、つい見入ってしまいました」

「あれは健志さん――旦那さまの妹さんの旦那さん――がからくりを、人形は旦那さまが手がけました。健志さんは人形作りはさっぱりなのですが、からくりを考えたり、作ったりは得意なのです」

健志は人形遣いの息子として生まれ育ったが、十代で手を傷めて人形遣いになるのは諦めた。もとよりからくり人形に興味があったため、父親が贔屓にしていた月白堂で働く傍ら、からくり作りを学び、やがて英治郎の妹の順と恋仲になったそうである。

暖簾をくぐって、文七が英治郎に咲の来訪を告げる間に、客の相手をしている順と会釈を交わした。

美男の妹だけあって、順も目鼻立ちが整った美女である。

しばしののち、咲は奥の座敷に案内された。咲を部屋の中へ促すと、文七はすぐさま店へと戻って行く。

「急にお呼び立てして、申し訳ありません」

「いえ、お疲れの折にお気遣いいただき、ありがとうございます」

小さく頭を下げた英治郎は、桂から聞いた通り、役者のごとき美男であった。瓜実顔で、きりっとした目をしている。色白な上、病み上がりだからか顔色はあまりよくないが、唇には赤みがあって「妖艶」といわれるのも頷ける。襟巻は錆鼠、袷は藍鉄、帯は褐返色と地味だが、肌の白さを一層際立たせている。

襟巻に目をやった咲に気付いて、英治郎が微苦笑を漏らした。

「噂をお聞きかと思いますが、先妻と揉めて、ちょいと刃傷沙汰になりましてね。十年も前の傷跡ですが、人様に見せられたものではありませんから」

「不躾に、どうもすみません」

「ああ、どうかお気になさらずに」

温かみのある軽やかな声で、落ち着いた物言いである。

改めて見やると、年の頃は己と変わらぬようだ。背丈もそう変わらぬが、英治郎の方がやや高い。身体つきは細いものの、袖から覗く手には傷やたこが見られて、職人らしさを感じさせた。

「こちらが、件の人形になります。まだ頭だけでして、作りかけをお見せするのは気が進みませんが、お咲さんの言い分も判りますので」

頭だけだが、面相描きから髪の結い上げまで終わっている。簪や櫛はまだないものの、兵庫髷からして、人形は遊女を模した物だと思われた。

斜め上からだとやや伏し目に見えて色気があるが、正面からだと、こちらの胸中を見透かすごとき澄んだ瞳をしている。

はっとしたのち、物悲しさに胸が震えて、咲は微かに眉をひそめた。

「……この人形は、どなたかを写したものですね？」

「ええ。お客さまが、その昔請け出したお女郎です。今は老いに加えて目と胸を患っているそうで、私もほんのしばししかお目にかかれませんでした」

人形の注文を受けて、英治郎もまた、写すべき者に直に会いたいと願ったという。

「お咲さんにお引き合わせすることはできませんが、お客さまからお預かりした絵がありますからお見せします」

絵は三枚あり、一枚目は筆絵で若き日の女を写したもの、二枚目は桜の木、三枚目は錦絵だった。

「こちらの錦絵は……？」

「三代目瀬川菊之丞です。女の方は今は桜さんと仰るのですが、郭では『淡墨』という名でした。桜さんは美濃の出で、美濃には千年をゆうに越えた、淡墨桜という桜の大木があるそうです。――お咲さんは、芝居を見に行かれることがありますか？」

「いいえ、まったく」

芝居に費やすような金も暇もなく、咲はただ、がむしゃらに仕事に打ち込んできた。

「菊之丞の名前くらいは知っていますが……」

「私もそう詳しくありません。祖父が生きていた頃は、たまに連れ出してもらいましたが、跡を継いでからは町へ出かけることも減りました」

それこそ役者絵になりそうな涼しげな目をして、英治郎は微笑した。

「菊之丞は九年前の顔見世で、『墨染』という傾城にして小町桜の精を演じましてね。菊之丞と桜さんは顔立ちはさほど似ていませんが、お客さまとこの顔見世を観に行った桜さんは、菊之丞演ずる墨染がいたくお気に召したとか。ゆえに此度は、若き日の桜さん――つまり、淡墨に墨染を重ね合わせたような人形にして欲しいとの注文なのです」

墨染が出てくる演目は本名題を「積恋雪関戸」といい、小町桜の精が、傾城墨染として愛した男の仇を討つために、仇の前で桜の精の本性を現し、激しく争う様が見せ場だそうである。

「顔見世の墨染は黒い桜の幹から白い着物で現れたそうですが、ただ白を基にした着物じゃ桜の精と判りませんから、桜を着物に入れて欲しいとお話しになりましてね。桜さんが目を患っていることもあり、また、人形の着物くらい贅を尽くしてもいいじゃないかと、上絵ではなく縫箔とすることになりました」

「桜さんの目は、そんなにお悪いのですか？」

やはり目を患っている啓吾を思い出しながら、咲は問うた。

「片方はもうほとんど見えていないそうです。もう片方も霞んでいて、細かなものは見えないと聞きました。もともとは美人画を描かせるつもりだったそうですが、桜さんの目を慮って人形に変えたのです。人形や刺繍なら触れることができますからね」

髷を含めると、人形は一尺半ほどの高さになるらしい。

桜の木の絵を指して、咲は問うた。

「これが美濃の淡墨桜ですね？　この絵も、お客さまが桜さんのために描かせたものですか？」

「そうです」

「この枝ぶりは……彼岸桜でしょうか？」

「そう聞いております。よくお判りで」

「草花は得意とするところです。意匠はいかがいたしましょう？」

「お客さまは白地に灰桜色の花を散らしてはどうかと仰いましたが、私はそれでは墨染に――いや、淡墨の名に似つかわしいとはいえぬとお応えしました。結句、私に任せてくださることになりましたが、同じく花を散らすにしても、地色を墨色にして、花は桜色か、いっそ白はどうかと考えておりますが、お咲さんならどうします？」

「墨色に桜色か白はよしとして、私なら、こう……」

淡墨桜の絵を見ながら、咲は左肩へと手をやった。

「桜の下の方の枝を肩から胸の方へ描いて、腰から足下にかけて花を散らす――」

「なるほど、上の半身は花を多めにして明るく、下は地色を活かして暗く……いいですね。地が墨色だと、傾城の華やかさが損なわれてしまわないかと恐れていましたが、これなら華やか、かつ幹から立ちいでた桜の精の妖しさも表せる」

「ええ」

打てば響くがごとく己の考えが伝わって、咲は嬉しさを隠せず頷いた。

意匠と寸法を決めてしまうと、英治郎が改まって口を開く。

「お咲さん、私は実は少々、あなたを侮っておりました。文七が勧めるからにはそれなりの品物だったのだろうと思いつつ、それらが本当にあなたの手によるものなのかどうか、疑っていたのです。ゆえについ、文七にあなたのことを探らせました。無礼な真似をいたしました。お許しください」

「女の職人は少ないですからね。お疑いになられても無理はありません」

「ですが、こうしてお目にかかって安心いたしました。あなたなら、この着物をお任せしても危なげない。いいえ、あなたにこそお願いいたしたい」

「ありがとうございます」

英治郎は尾山（おやま）人形やからくり人形の他、干支（えと）を始めとする動物や鳥の置物も手がけているという。咲もまた、水仙の巾着や千日紅（せんにちこう）の財布を見せながら、桝田屋や瑞香堂に納めている品々について話した。

半刻余りが瞬く間に過ぎたものの、親しさを増した物言いとは裏腹に、英治郎の顔色はどんどん悪くなっていく。三枚の絵を写してしまいたかったが、英治郎が二度目に手水に立った折に、咲は暇を告げた。

「どうも、胃の腑（ふ）が弱っているようで……すみません」

「お大事になさってください。近々、下描きを持って参ります。そちらの絵も、その時に写させてください」

青白い顔の英治郎とは座敷の前で別れて、店の方へ戻ると文七にも礼を言う。

注文が決まったことを文七は喜んだが、英治郎の具合を聞くと顔を曇らせた。

「病み上がりですから、無理はしないようお願いしていたのですが……」

浮かない顔で咲を見送りに出て来た文七が、ふと通りすがりの母娘に目を留めた。


「もし！」

母親の方も月白堂を窺っていたようで、文七が声をかけると頭を下げた。

「お咲さん。この方ですよ。ほら、娘さんの守り袋が――」

文七が指し示した通り、娘は咲が作った守り袋を腰にしている。酉年用の土鈴を意匠にしたもので、鶏冠は滑らかに、ぷっくりと丸い鶏を縫った物だ。

「まあ、ありがとうございました。おかげさまで、月白堂さんから注文をいただけることになりました」

文七がいきさつを話すと、母親が微笑んだ。

「それはようございました。桝田屋さんから、女の職人さんが作ったと聞いて、ますます娘に持たせてやりたくなりましたの。あなたさまにあやかって、手先の器用な――ううん、手先じゃなくても何かに秀でた子に育つように、と」

「恐れ入ります」

恐縮する咲の横で、文七が問うた。

「では、お客さまはこれを作ったのが女性だとご存じだったんですね？」

「はい。でも、わざわざ言うことでもありませんでしょう？　殿方が作ろうが、御婦人が作ろうが、良い物は良いのですから」

穏やかな物腰の中、ほんの一瞬だが文七を射るように見た母親に、咲は己に似た匂いを嗅ぎ取った。母親もまた、女だというだけで、悔しい思いをしたことが、一度ならずとあるのだろう。

「そうですね」と、文七はすぐさまにこやかに頷いた。「お客さまの仰る通りです。腕さえあれば、男だろうが、女だろうがかかわりがない……誰が作ろうが、良い物は良い。旦那さまは──僭越ながら私も──そう考えております」

月白堂を後にすると、咲は束の間迷って南へ足を向けた。

英治郎と話す間に八ツの鐘を聞いて、何やら甘い物を欲していた。

松葉屋で団子でも食べて帰ろう──

すると、半町もゆかぬうちに、先ほどの母親に呼び止められた。

「先ほどの、月白堂の方のことをお訊きしたくて……」

美男と噂の英治郎のことかと思いきや、文七のことだという。

「文七さんには、数日前に初めてお会いしたばかりですから、よく知らないのです。温厚で、旦那さまの信頼厚い、旦那さま思いの方だとお見受けしました」

「さようで」

どうやら女は通りすがりに月白堂を窺っていたのではなく、文七目当てで訪ねて来たらしい。

女は鉄漿をつけていて、娘も女によく似ている。この二人は親子に間違いなく、二人の身なりから裕福な家の者だと咲は踏んだ。年の頃は三十路前後で、文七とそう変わらぬように見える。このような子連れ女が何ゆえ文七に興を抱いているのか、咲の方も興をそそられた。

知り合いの独り身に勧めたいのか、それとももしや、この人自身がやもめで文七さんに岡惚れしているということも……

「私は、その、上方から参りまして」

咲の胸中を読んだがごとく、女は慌てて続けた。

「文七さんは、上方の関目小十郎という役者に似ているのです」

「あ、そうだったのですね」

すぐさま男女の取持や、恋心と結びつけた己が恥ずかしい。

そそくさと母娘と別れて松葉屋を覗いてみるも、修次はいない。

修次に会えぬかと、己はどこか期待していたらしいと気付いて、またしても少々羞恥を覚えた。

表の、いつも修次が座っている縁台に腰かけて団子と茶を頼むと、越後屋の方からしろとましろがやって来る。

「しろ！　ましろ！」

近付いて来た双子を、咲はおやつに誘った。

「団子でもどうだい？　馳走するよ」

だが、顔を見合わせてから、双子は無念そうに首を振る。

「おいらたち、忙しいの」

「寄り道してる暇はないの」

「もうすぐ師走がくるんだぞ」

「師走はもっと忙しいんだぞ」

「ふうん、あんたたちでも師走は忙しいのかい」

「今年は忙しい」

「昨年より忙しい」

口々につぶやいて、しろとましろは心持ち胸を張った。

「おいらたちおっきくなって、たくさん覚えたんだ」

「たくさん覚えたから、お遣いも増えたんだ」

この一年であれこれ学んだようではあるが、二人の見目姿は出会った時より変わらぬように咲には見える。

だが、余計なことは言わぬと決めて、「そうかい」と咲がただ頷いたところへ、給仕が折敷を持って来た。

双子が物欲しげな目を団子へ向けたのを見て取って、咲は串を差し出した。

「お遣いが増えたのは、あんたたちがちゃあんと仕事をしたからさ。あんたたちとのんびりできないのは残念だけど、先を急ぐ前に一口どうだい？」

「食べる」

「一口食べる」

顔を見合わせるまでもなく、双子は瞬時に応えた。

向かって右のおそらくましろが串を受け取り、団子を一つ口にしてから、隣りのおそらくしろに串を渡す。

目を細めて、もっくもっくと団子を味わってから、しろとましろは口々に言った。

「ありがとう、咲」

「ご馳走さま」

「おいらたち、咲も好き」

「咲も大好き」

「あんたたちときたら……まあいいや、気を付けておゆき」

「はぁい」

「はぁい」

双子が駆け出して行ったのち、咲も早々に松葉屋を後にした。

しろとましろが言った通り、師走はもうすぐそこだ。

長屋へ帰ると、まずは着物の下描きを念入りに描いた。

半刻余りかけて下描きを終えると、作りかけの修次の財布の続きに取りかかる。

意匠は結句、青海波（せいがいは）にした。

青海波は吉祥（きつしよう）文様の一つで、幾重にも重なる穏やかな波の文様には、永久不変の平和への願いが込められている。雅楽（ががく）にも同名の舞曲があり、源氏（げんじ）物語にかの光源氏（ひかるげんじ）が舞うくだりが書かれていることからも、色男の修次にふさわしかろうと考えた。

波の合間に千鳥や飛沫を入れたり、破れ文様にしたりすることも考えたが、思案ののちに取りやめた。ただし、寄せては返す波を表すために、糸の色は少しずつ変えていくことにする。

青海波の名にあるように、青色を基調とし、納戸色から藍鼠など緑がかったものから、枡花色や縹、瑠璃紺など灰色や紫色を含んだいくつもの色を使いつつ、寸分違わぬ文様に揃えてゆこうと決めた。

――昨年の長月だったね。

あの子らと修次さんに出会ったのは……

波を縫いながら、咲はほんの一年余り前の出会いに思いを馳せた。

小間物屋にいた咲から修次が簪を取り上げ、その修次からしろかましろのどちらかが簪を奪って逃げた。

あれは「お遣い」じゃなかったようだけど――

だが、やはり稲荷大明神の「お導き」、または「縁結び」ではなかったろうかと、針を片手に咲はくすりとした。

いけ好かないと初めは思った修次も、のちに情のある男だと知れた。

その昔、啓吾に抱いた愛おしさや胸の高鳴りを修次に覚えたことはまだないものの、見目姿や錺師の腕前は申し分なく、いまやしろとましろの秘密を共にする——「お遣い狐」を信ずる——唯一無二の存在だ。

惚れた腫れたってんじゃないけどさ——

修次を驚かせたい、修次の喜ぶ顔が見たい、という気持ちは多分にあった。

この先の、永の幸せを願う気持ちも。

己の指先から波が一つ、また一つと生まれていく。

ゆったりと、寄せては返し、寄せては返して己を満たし、波はやがて「外」へと咲をいざなう。

青く、広く、眩しく、温かい。

果てなき海原に、畏怖をはるかに凌ぐ安らぎを見出しながら、咲は日が暮れるまで針を動かした。

◎

桝田屋を訪ねたのは、師走に入ってからだ。

瑞香堂と月白堂ものちに訪ねるつもりで、咲は守り袋に匂い袋、着物の下描きを携えて長屋を出た。

修次や双子に会うことなく、ずんずんと日本橋まで歩いた咲が桝田屋の暖簾をくぐる前に、美弥と共に姑の寿が表へ出て来る。

「まああまあ、お咲さん！　しばらくぶりですこと」

「ご無沙汰しております」

水無月に屋形船に招かれたのち、長月に一度桝田屋で顔を合わせたきりである。

「ああもう、折の悪い……今少し早かったなら――」

「お義母さん」

たしなめるように、美弥が小さく首を振った。

「お義父さんがお待ちですよ。もう八ツはとうに過ぎてます」

「でも……」

「でも糸瓜もありません。さ、早く」

「お咲さん、私、いろいろお話ししたいことがあるのよ。だから、近々また、ね？」

「ええ」

「きっとよ」

後ろ髪を引かれるごとく、寿は海賊橋の方へ歩いて行った。

「桔梗さんと善右衛門さんのことでしょうか？」

「それはお義母さんに聞いてちょうだい。お義母さんの楽しみを、私が奪う訳にはいかないわ。今日は別用だったのだけど、もしやお咲さんが来ていないかと、昨日もお寄りになったのよ」

「すみません。この数日、お福久さんの身体がすぐれなくて……」

福久の代わりに洗濯したり、勘吉を育のもとへ連れて行ったりしていたがために、月末に訪ねる筈が朔日の今日になった。

座敷でまず守り袋を納めると、咲は月白堂の注文を受けたことを話した。

「ですから、次の守り袋は、来年までお待ちいただくことになろうかと……」

美弥も人形についてはあまり知らぬが、志郎は英治郎の噂を耳にしていて、先日、咲が帰ってから美弥に話して聞かせたそうである。

「お咲ちゃんが認めたなら間違いないわね。英治郎さんは、噂通りの美男なのね」

六日前、源太郎宅で顔を合わせた桂と同じく、興味津々になって美弥は言った。

「それは間違いありません。役者を直に見たことはありませんが、役者といわれてもきっと疑いませんよ。背丈はそれほどでもなくて、色白で細い方だったので、役者は役者でも女形、正直なところ、錦絵の菊之丞よりもずっとお綺麗でしたよ」

「まあ……」

「ですが、お美弥さん、このことは志郎さんには内緒にしといた方が」

「あら、でも志郎さんも、噂の真相を知りたがっていたわ」

「太一も源太郎さんも、小太郎さんもそうでしたけどね。お桂さんばかりか、源太郎さんのお許婚のお槙さんや雪まで、今のお美弥さんみたいな顔をしたもんだから、男どもは三人それぞれ拗ねちゃいました」

「あら、私みたいな顔って、そんな。こんなの、役者を愛でるのと同じでしょう？　焼き餅焼くなんておかしいわ」

「男ども曰く、女だって、お女郎にはそうでもないけれど、そこらの町娘を取り沙汰したら、焼き餅の一つや二つ、焼きたくなるだろうって」

「そりゃ、そこらの女の人の話をされたらいい気はしないけど……でも、役者とお女郎じゃてんで違うじゃないの。私なら、お女郎にだって焼き餅焼いちゃうわ」

「ふふふ、男どももそうやって、皆にやり込められていましたよ」

英治郎のことでは犬も食わぬやり取りがあったものの、顔合わせは和やかに終えることができて咲は満足していた。

源太郎と小太郎も、二親とは十年余りも前に死に別れている。雪にとっては源太郎が舅、槙が姑代わりともいえるが、折よく隣りの長屋に二階建ての空きが出たことから、今の九尺二間に小太郎と雪が、源太郎と槙は二階建ての方に引っ越すという。

桂が持って来てくれた五十嵐の菓子は長屋の皆にも好評で、小太郎と共に挨拶をして回る雪もしっかりしたものだった。

「まあ、雪ももう二十歳ですからね。作法は一通り立花で学んでますから、どこへ出しても恥ずかしくありませんよ」

「嫌ぁだ、お咲ちゃんたら。いくら母親代わりだからって、そんな年寄り臭い物言いはやめてちょうだい。——でも、お雪さんが嫁いだら、次はいよいよお咲ちゃんの番ね」

「もう、お美弥さんまで……勘弁してくださいよ」

「うふふ」

微笑を浮かべながら、美弥は九之助の財布の代金を差し出した。

「いたくお気に召したようで、ほら、心付もしっかり」

ついにんまりしながら代金と心付を受け取った咲へ、美弥は居住まいを正した。

「それで、今日は折り入ってお願いがあるのだけれど」

「改まってなんですか？　お美弥さんのお願いならなんだって——ああでも、縁談はなしですよ」

「お仕事のお話よ」

にっこりしてから、美弥は続けた。

「此度の守り袋を含めて、これからはうちの取り分を減らします。その代わり、守り袋はうちだけに納めてもらえないかしら？」

「それはもちろん構いませんが……」

「それから、これから納めてもらう物には、銘を入れてもらえないかしら？」

「銘を？」

「ええ。他で納める物も――たとえば瑞香堂さんの匂い袋にも、銘を入れるようにしたらいいんじゃないかと思うのよ」

小間物でも「男仕立て」を当然とし、それを好む客がいることから、縫箔師が女であることは、美弥や志郎が客を見極めた上で明かしてきた。また、簪や櫛などならともかく、巾着やら財布やらは銘が入った物はもとより少ない。

「でも、銘を入れたら、女仕立てだとばれてしまうんじゃ？」

「女の縫箔師を売りにしようというんじゃないの。『縫箔師の咲』を売りたいのよ」

「縫箔師の咲――」

じわりと込み上げてきたものを、咲はこらえた。

泣くほどのことじゃない。

一人前の職人なら、大概銘を入れている。

腕のある職人なら、みんな——

「ここしばらく、女仕立てだからって断ったお客さんは一人もいなかったわ。それどころか、修次さんと同じように、お咲ちゃんの物が何かないかと、訊かれることが何度もあった。だから、志郎さんとも相談して——あ、ちょっとごめんなさい」

口元を押さえて厠(かわや)へ向かった美弥を見て、咲は閃(ひらめ)いた。

やがて戻って来た美弥へ、おそるおそる問うてみる。

「お美弥さん、もしかしておめでたじゃ……？」

「ええ、この二月ほど、月のものがないからおそらく……」

「お寿さんは、もちろんご存じですよね？」

「今しばらく隠しておきたかったけど、昨日怪しまれて、今日は隠し切れなかったわ」

苦笑した美弥は死産も流産も覚えがあるゆえに、騒ぎ立てることなく、今少し様子を見たかったようである。

「今度こそ、無事に生まれてきて欲しい……」

「今度こそ、無事に生まれてきますよ」

「ふふふ、お咲ちゃんがそう言うなら、きっと平気ね。心強いわ」

「だからって、油断しちゃいけませんよ。くれぐれもお大事に」

「はぁい」

おどけて応えた美弥と共に、咲もこの思わぬ吉報を喜んだ。

◎

こりゃ、お寿さんも傳七郎さんも大喜びさね――

美弥の懐妊を知って、いつになく弾んだ足取りで咲は今度は瑞香堂の暖簾をくぐった。

「お咲さん！」

店主の聡一郎より早く咲を呼んだのは、上がりかまちにいた九之助だ。

「九之助さん……」

「噂をすれば影ですな、はははは。先だってこの財布を受け取ったんですがね、こちらまで足を延ばす時がなくて、でも早く聡一郎さんにお見せしたくて、本日改めて日本橋まで出て来たのですよ」

九之助の傍らには、九尾狐の財布があった。

「見事な出来栄えです。九之助さんが自慢したくなる気持ちも判りますよ」

「そうでしょう、そうでしょう」

満足げに頷いてから、九之助はにんまりとした。

「それはそうと、お咲さん。やっぱり私が見込んだ通りになりましたよ」

「九之助さんが見込んだ通り？」

「ふふふふ、聡一郎さんとお伊麻さんのことですよ。二人はあれから一層親しくされていて、祝言もそう遠くないと思われます」

「勝手なことを言わないでください。いくらなんでも祝言なんて気が早い」

聡一郎が頬を染めたところを見ると、伊麻と相思となったのは本当らしい。

「めでたいお話ですね。お伊麻さんにもよろしくお伝えくださいまし」

「お咲さんまで……からかわないでくださいよ」

「祝言といえば、うちは妹の嫁入りが決まりましてね」

聡一郎に助け舟を出すつもりで、咲は雪が来月祝言を挙げることや、小太郎が雪への付文に瑞香堂の匂い袋を添えたことを話した。

「やあ、そちらの方がずっとおめでたいお話です。お咲さんの匂い袋も評判になっておりますから、どんどん作ってくださいよ」

「はい。次は少し間が空いてしまいますが――」

人形の着物の注文を引き受けたことを話すと、九之助が目を輝かせた。

「月白堂というと、四代目に会いましたか？　役者顔負けの美男だそうですが？」

「ええ、注文の折にほんのしばしですが、噂通り、役者のような方でしたよ」

「ほう！　他の噂はどうでした？」

「他の噂というと？」

「前妻と刃傷沙汰があったとか？」

「それも本当でした。首を切りつけられたそうで、傷跡を襟巻で隠していらっしゃいました」

「四代目が嫁には見向きもせずに、人形にかまけていたからだそうですが、実は刃傷沙汰に及んだのは、四代目ではないかという噂も聞きました」

「えっ？」

「仲違いの発端は嫁が人形を壊したからで、本当は怒った四代目の方から切りつけたのではないか、とか。はたまた四代目は男色、いや両刀遣いで、嫁が真に殺したかったのは四代目と恋仲だった手代で、四代目は手代を庇って手傷を負った、などなど」

「まさか」

　呆れつつも、ふと、つるりとした文七の顔が頭をよぎった。

　四代も続く人形師なら、跡取りを望んでの嫁取りだった筈である。いきさつがなんであれ、殺されかかったとなれば、女を恐れて後妻を諦めたとしても無理はないと思っていたが、英治郎が文七と恋仲ならば、それはそれで腑に落ちないこともない。

だが、九之助の物好きに付き合う義理はないと、咲は努めて素っ気なく言った。

「他の噂は知りませんよ。私は九之助さんと違って礼儀を心得ていますからね。そういったことを、お客さまにあけすけに問うほど不調法者じゃありません」

「や、すみません。つい……」

「つい？」

「だって、人形師の刃傷沙汰なんて、戯作にぴったりじゃありませんか……」

尻すぼみになった九之助は、改めて財布を褒め称えてから辞去して行った。

座敷に移ると、咲から匂い袋を受け取りつつ、聡一郎が苦笑を浮かべた。

「九之助さんが図に乗ると困りますから、先ほどは口を挟むのは控えましたが、月白堂のことは私もつい、戯作のようだと思ってしまいました」

「実は私も……」

互いに忍び笑いを漏らしたのち、咲は思いついて問うてみた。

「聡一郎さんは、上方の関目小十郎という役者をご存じですか？」

「芝居見物の折に、ちらりと見かけたことなら。芳澤あやめほどじゃありませんが、そこそこ人気の女形で、錦絵も描かれていましたよ。関目小十郎がどうかしましたか？」

「月白堂のお客さんが上方の出で、お店の文七さんという方が、関目小十郎に似ていると仰っていたのです」

「ああ、それで四代目が男色だのなんだのという噂になったんですね。文七さんというのは、お店にいらっしゃる方でしょう？　あすこは奉公人はその人だけで、一緒に店先にいる女の方は四代目の妹さん、妹さんの旦那さんは裏方をしていると聞いています」

「その通りです」

「店を継いで寄り合いに顔を出すようになってから、こういった噂も聞くようになりましてね。それで、寄り合い仲間と一度ひやかしに月白堂に行ったことがありまして、その文七さんとやらとも顔を合わせておりますが、関目小十郎に似ているとは思わなかったなぁ……」

「そうですか」

「まあ、役者は化粧をしていますから、化粧のあるなしで顔も違って見えるでしょう。ああでも、先代の――二代目小十郎は十年ほど前に息子を亡くしていて、三代目は養子になった弟子が継いだと聞いたような。とすると、そのお客さんが文七さんに似ていると言ったのは、私が知っている三代目ではなく、二代目のことかもしれません」

聡一郎の話を聞くうちに、咲の頭にはぼんやりと、別の「いきさつ」が思い浮かんだ。

咲を奥の座敷に案内すると、文七はかいがいしく墨と硯を持って来た。

やがて三枚の絵を携えてやって来た英治郎は、今日も青白い顔をしている。

「下描きが遅くなってすみません」

「いえ、私もあれからまた少し、横になっておりましたから」

左袖から左肩、胸元へと伸びる満開の彼岸桜の枝に、袂や裾にこぼれる花びらを念入りに描いた下描きを見て、英治郎は微笑を浮かべた。

「思い描いていた通りだ。このようにお願いいたします。お咲さんは私よりずっと画才がありますね。お邪魔でなければ、これらを写すところを見ていてもよいですか？」

「それは構いませんが……お身体はもうよろしいのですか？」

「大分落ち着きました。お気遣い痛み入ります」

文七と入れ替わりに、英治郎の妹の順が茶を運んで来た。瓜二つとは言い難いが、背丈もあまり変わらず、一目で兄妹と知れるほどには二人は似ている。

不安げな目で咲と自分を交互に見やった順へ、英治郎は優美に微笑んだ。

「平気だよ。今日は朝から調子がいいんだ」

だが、順が座敷を去ってすぐ、吐き気を催した英治郎は厠へ立った。

「どうも、みっともないところを……平気だと言った傍から面目ない」

胸に手をやりながら戻って来た英治郎へ、咲は思わずつぶやいた。

「悪阻……」

「えっ？」

目を見開いて、英治郎がたじろいだ。

「突飛なことを申しました。身ごもった友人が、悪阻に悩まされているので、つい」

愕然として、英治郎は腰を下ろして黙り込んだ。

まさか——本当に？

先ほど瑞香堂で思いついた「いきさつ」をなぞりつつ、咲は瀬川菊之丞の錦絵を見やって問うた。

「文七さんは、上方の関目小十郎という役者に似ているそうですね？」

「……お咲さんは、何をご存じなんですか？」

両拳を膝に置き、眉をひそめる様も麗しい英治郎に、咲は小さく首を振った。

「しかとは何も。先ほどちょっと、戯作のごとき思いつきがあっただけです。二代目関目小十郎の息子は十年ほど前に亡くなったと聞きましたが、もしや死なずに生き延びていて、江戸で――たとえば人形屋の奉公人に収まって、実は女性の跡取りと、恋仲になっていやしないか、なんて……」

男色よりも、いっそ四代目が女だったらより面白いと思っただけだったけど――じっと己を見つめる英治郎をまっすぐ見つめ返して、咲は付け足した。

「悪気はありません。もしも本当に跡取りが男の振りをなさっているのなら、その事由は判らなくもありませんから」

「そうですか?」

「はい。だって、跡取りには男を望むのが、今の世の習いでしょう?」

「……まいったな」

ゆっくりと、英治郎は困った笑みを口元に浮かべた。

――はたして、英治郎は女であった。

また、文七は二代目関目小十郎の息子だった。

「そ、それでは、お嫁さんは――」

「嫁も刃傷沙汰も狂言ですよ」

そう言って、英治郎は襟巻を外した。

白く細い首には、傷跡も、喉仏も見当たらない。

「私の父には兄が二人いましたが、二人とも十代で亡くなったそうです。末っ子だった父は祖父に急かされ、早くに母と一緒になりましたが、何分人形師としての腕前はまだまだで、四代目を継ぐ前に――私が九つ、妹が七つの時に――病で亡くなりました」

父親の死後も、三代目にして英治郎の祖父は、己の血を引く者にしか名は継がせぬとして、三人いた弟子たちに次々と愛想を尽かされた。しかしながら、九歳の孫娘が婿を取り、子を――男児を――授かるまではとても待てぬと判じて、仕方なく孫娘を「仮の跡取り」として育てることにした。

否応なく、英治郎は人形作りの修業を始めた。

手習い指南所も十歳にはやめて、およそ家にこもりきりで、ひたすら人形師になるべく修業に励んだ。

「いずれ私が四代目楠本英治郎になること、その時分には『男』であらねばならないことは、幼心に心得ておりました。祖父から命じられたことではありましたが、私に否やはありませんでした。祖父は偏屈で、自分勝手で、時に恐ろしい人でしたが、人形師としては抜きん出ていて、私は祖父が作る人形が好きだった。そして、人形作りは人形遊びよりも、私にはずっと面白かった……」

順が家事や店を手伝うようになると、三代目は少しずつ、店者として残っていた四人の奉公人の内、健志を除いた三人に暇を出した。

十六歳の夏に英治郎は、母親の実方がある「小田原の人形師のもとへ嫁いだ」として身を隠し、同年の冬に「父親の隠し子」として――「男」として――「月白堂に引き取られた」。

「しかし、この見てくれでは――殊に喉仏がないので――すぐに女だとばれてしまいます。早く一人前にならねばという思いもあり、私は家にこもりきりになりました。祝言を挙げたのは翌春――十年前です。ああ、年明けには十一年前となりますが」

とすると、英治郎は現在二十七歳で、咲と同い年である。

祖父は初めは、からくり細工が得意で、店者としても有能な健志を英治郎とまとめようとしたらしいが、順が健志と相思だと知っていた英治郎は反対した。

「文七を連れて来たのは祖父の古い友人で、口入れ屋の隠居です。文七は女形になりたくなくて、親元から――二代目小十郎から――逃げ出して来たのです。逃げられたままでは体裁が悪いので、二代目は息子は出先で亡くなったことにして、養子を取って小十郎の名を継がせたようです」

役者にはなりたくない、江戸で男として生きたいという文七と、四代目として、男として生きてゆかねばならない英治郎は結託して、一芝居打った。

女形の修業をしてきた文七に、女の格好をさせて祝言を挙げ、刃傷沙汰をでっち上げた。全て内輪で済ませたことにして、「嫁が出て行った」のち、文七を店者として雇い入れた。

刃傷沙汰の狂言を経て襟巻をつける理由は得たものの、秀麗な顔立ちと「噂」が災いして人目を引くため、結句、英治郎はいまだ大っぴらな外出は避けている。

「半年ほどして文七が店に慣れた頃、祖父が卒中で倒れて寝たきりになり、私が四代目の名を継ぎました。祖父には及ばぬと不安はありましたが、母が助けてくれました。母方の祖父も人形師でしたから、母は門前の小僧のごとく人形作りを一通り学んでいたのです。私が四代目となることは、母の願いでもありました」

英治郎が四代目となってほどなくして祖父が、祖父の死から二年後、母親も風邪をこじらせて亡くなった。

「順と健志の祝言を終えて、一月と経たぬうちでした。それから私ども四人は、一層力を合わせて働いて参りました」

月白堂と楠本英治郎の名を守るために——

そんな言外の決意が英治郎には窺えた。

「文七と情を交わすようになったのは、祝言から大分経ってから——妹たちが無事にまとまってからです。これまでもう何年もそんな兆しはなかったので、まさか今になって身ごもるとは思わなかったのですが、妹にも少し前に悪阻がありまして、これもまた巡り合せとやらでしょう。妹の子は双子だったということにして、妹の子として育てていこうと話しております」

英治郎の目に、一抹の物寂しさがよぎったのを見て、咲は問うた。

「それでよいのですか？」

「よいも悪いも、他に道はありません。この家の『女』は妹だけですからね。母として振る舞うことは許されませんが、伯父として共に育てることはできましょう。それで充分です」

「他に道がないことはありませんでしょう。身ごもっても尚、女に戻りたいとは思わぬものですか？　英治郎さんの腕前は、世に充分認められております。戯作になってもおかしくないいきさつですから少しは噂になりましょうが、全てを明かしても、悪いようにはならないでしょう」

「全てを明かすなんて、とんでもない。今更、人形師英治郎の名を汚すような真似はできません。それに、どのみち子育てにかまけてはいられません。他の人形師の人形も置いていますが、うちの売上の六割は私の人形から得ています。子育てのために仕事をおろそかにする訳にはいかないし、するつもりもありません。何より、私は英治郎になりたくてなったのです。あなただって、もしも弥四郎の名を継いでいたら、赤子のためにその名を捨てるような真似は——女に戻ろうとはなさるまい……」

己が弥四郎の名を継ぐなど、考えたこともなかった。

だが、それは取りも直さず、自分自身が女職人を見くびっていたからやもしれないと、咲ははっとした。

「お咲さん。あなたの噂は文七を通じて聞きました。かつてのお許婚が四代目弥四郎となったそうですが、あなたは四代目と遜色（そんしょく）ない腕前だとか」

「それは……今なら……」

「あなたがおかみさんではなく、縫箔師であることを望んだがゆえに、あなたは親方に追われたそうですね」

「それは違います。縁談がご破算になったので、気まずくなって親方のもとは離れましたが、親方は今でも私を弟子と呼んでくださっています」

「そうだとしても、悔しくないのですか？　あなたが男だったら、あなたは四代目弥四郎になれたやもしれないのに……」

静かだが、眉根を寄せて英治郎が憤りを露わにするものだから、咲はかえって気持ちが落ち着いた。

「今はさておき、私が独り立ちした六年前は、啓吾さん——今の弥四郎さん——の方が明らかに腕が立ちました。お人形のことは判りませんが、縫箔の着物は親方と弟子が手分けして担いますから、腕前はもとより、皆に慕われていなければ親方は務まりません。よって、四代目にふさわしいのは、昔も今も啓吾さんです。もちろん、私も女ゆえに悔しい思いをしたことは山ほどありました。今も時々……けれども、昔ほどじゃありません。英治郎さんの他にも私に、女職人だと知っても厭わずに注文してくださるお客さまがいらっしゃいます」

続けて咲は、つい先ほど、美弥から銘を入れるよう頼まれたことを話した。

「女の縫箔師ではなく、縫箔師のお咲さんを売る……」

つぶやいて、英治郎は顔を和らげた。

「桝田屋の評判も、文七を通じて聞いております。女将さんも旦那さんも、なかなかの目利きだそうで……そうとなれば、此度の着物にも是非、お咲さんの銘を入れていただきたい」

「お客さまが構わぬようなら、喜んで」

「着物の縫箔と仕立てを女職人に頼んだことは、先日意匠を決めたのち、文七からお客さまに伝えてあります。お客さまは、あなたのことをご存じでしたよ、お咲さん。以前やはり桝田屋で、七草の煙草(タバコ)入れをお買い求めになったことがあったとか。その頃はまだ、桜さんの目も今より見えていたそうで、桜さんがあんまり褒め称えるものだから、結句、煙草入れは桜さんにあげてしまったと聞きました」

七草の煙草入れは永明堂の歳永(としなが)の知己に買われて、歳永が桝田屋を訪れるきっかけにもなった。

――あれがすごく良かったから、同じ職人さんの物をって、わざわざ出向いていらしたのよ――

美弥の言葉が思い出されて、再び胸が熱くなる。

「縫箔師のお咲さん、まずは淡墨の着物を。そして、これからもどうぞよしなに」

にこりとして頭を下げた英治郎に、咲も笑みを浮かべてお辞儀を返す。

三枚の絵をしっかり写したのち、秘密はけして口外せぬと約束をして、咲は月白堂を後にした。

師走はこれまでにない忙しさになった。

人形の着物に加え、修次の財布、雪と小太郎の着物を、年越しまでに縫い上げてしまうつもりであった。

半襟は年が明けてから――

雪にねだられ、太一と桂の祝言で祝いに渡した梟の意匠の半襟を、雪と小太郎、槙と源太郎夫婦にも作る約束をしている。

修次と二度柳川で昼餉を共にして、福久と勘吉、由蔵と四人で浅草の歳の市に行った他はほとんど家にこもりきりで、時に夜なべもして仕事に精を出した。

そうして毎日が飛ぶように過ぎ、掛け取りへの払いも終えて、後は修次の財布を仕上げてしまうだけ――となった師走は二十七日。

七ツの鐘を聞いてすぐ、勘吉が呼んだ。

「おさきさん！　おきゃくさん！」

針を置いてはしごを下りると、戸口の前で再び勘吉の声がする。

「つき……の、ぶんひちさん！」

「月白堂だよ、勘吉」

「そう、つきしろ――どう。つきしろどうの、ぶんひちさん」

胸を張って言い直した勘吉へ、文七が目を細めて礼を言う。

「案内ありがとうございます、勘吉さん」

「どういたしまして。どうぞごゆっくり」

ぺこりと勘吉が頭を下げたものだから、文七はますます目を細くした。

「今日はどうなさいました？　着物は年明け一番に納めると、英治郎さんにはお話ししてありますが？　もうほとんど出来上がってはいるのですが、銘がまだ……」

「ああ、着物を急かしに来たのではないのです。川北へ掛け取りに行ったものですから、ついでに寄ったまででして……その、少々お知らせしたいことがありまして、よろしければ表でお話しできませんでしょうか……？」

英治郎の「秘密」にかかわることに違いないと合点して、咲は文七と表へ出た。

朔日には文七とは折り入って話さなかったが、咲に座敷で「秘密」を打ち明けたことは、英治郎から聞いている筈だ。

北へ歩いて神田川へ出ると、柳原の傍らで、行き交う人々を眺めながら文七は声を潜(ひそ)めて話し始めた。

「一月前、お咲さんがお店にいらした折に、通りかかった母娘を覚えていらっしゃいますか？　娘さんが、お咲さんの守り袋を腰に下げていた――」

「もちろん、覚えていますよ。あの人が、文七さんが関目小十郎に似ていると仰ったんです」

「ええ。あの人からそう聞きました。——実は、あの人もまた、二代目小十郎の子だったのです」

「えっ？」

思わぬ話に声が上ずった。

「つまり、私の腹違いの姉でして、その名もお関（せき）さんといいます」

関は無論、関目小十郎の名から取ったのだろう。

「私の母と同じく、お関さんのお母さんも小十郎の女でした」

小十郎は早くに役者仲間の妹を娶（めと）ったが、初産にて子供と嫁を同時に失った。そののちは後妻を娶らず、関と文七の母親の二人の間を行ったり来たりしていたらしい。

「お関さんが言うには、あの人のお母さんの方が付き合いが長く、私の母より早くお関さんを産んだにもかかわらず、お関さんしか——女しか——授からなかったために、私が七つになった後、母娘もろとも父に捨てられたそうです」

反対に、文七の母親は男児を産んで以来優遇されるようになり、文七も七歳になってすぐ役者の稽古（けいこ）を始めた。

「しかし、私はどうにも役者が好きになれませんでした。殊に女形が……丈夫に育つよう、物心つく前から、私は女の格好をさせられてきました。稽古を始めても、何も不思議に思わなかったのですが、十になり、気になる女子ができて初めて、己がまともでないことを知りました」

並の男に戻りたい、せめて立役になりたいと懇願したが、叶わなかった。仕方なく修業は続けたものの、年頃になるにつれて、一層父親に反発するようになった。

「兄弟子の中には、私よりずっと芝居がうまい者がいました。私よりも、ずっと三代目にふさわしい者が……十六になり、襲名の話が持ち上がった折、三代目は兄弟子の誰かに譲るよう今一度父にかけ合いましたが、父には聞き入れてもらえず、結句、私は家を出ました」

「それで江戸にいらして、月白堂に納まったとは、面白い巡り合せですね」

「ええ」と、文七は微笑んだ。「旦那さまは私とは裏腹に、人形作りを愛し、英治郎の名を継ぐことを望み、そのためにずっと専心していらしたのです。しからば、その願いを叶えて差し上げたいと思いました。私はどこかで両親に——殊に母に悪いと思っていました。母も父と同じく、私が三代目になることを望んでおりましたから」

一方で、小十郎に捨てられた関とその母親は、上方から江戸に出て来た。

「皮肉なことに、お関さんもお母さんも役者に――役者という生業に憧れていたそうです。お母さんが父とねんごろになったのも、芝居にかかわっていたいからだった、と」

関は、女に生まれたというだけで己を捨てた小十郎を恨んでいた。女はけして役者になれぬという、世の習いも。

江戸にいながら、関は母親のつてを通じて、文七が「出先で亡くなった」ことや、小十郎が養子を取って、三代目を継がせたことを耳にしていた。ゆえに、月白堂で若き日の小十郎によく似た文七を見かけた時は、文七の他にも腹違いの兄弟がいたのかと思ったそうである。文七という名がまた、英治郎がつけた偽名だったため、文七と話したのちも、よもや「亡くなった」息子とは思いも寄らなかったという。

「此度二人で語り合い、私が自ら『三代目』や役者を捨てたと知って、お関さんは束の間なんとも嫌ぁな顔をしましたが、すぐに気を取り直して笑ってくださいました。互いに、小十郎に振り回されたことに変わりはないと仰って……」

関と母親は、江戸に出て来て何年かは苦労を重ねたようである。だが、母親はやがて芝居好きの男に嫁ぎ、その男がそこそこ裕福な家の者であったことから、関も大店に縁付いて、おかみの座に納まった。

「二人の息子と娘に恵まれて、今は何不自由ない暮らしをしているそうです。またそのうち、店にお寄りくださるとも」

「それはようございました」

「それからもう一つ、これは旦那さまと相談して決めたことなのですが——」

文七が言いかけた矢先、和泉橋の方からしろとましろの声がした。

◎

「咲！」

「縫箔師の咲！」

橋の方を見やると、双子と共に小走りになる修次の姿があった。

和泉橋の袂で会すると、しろとましろは口々に言った。

「このところ、お見限りだったじゃねぇかよぅ」

「すっかり、お見限りだったじゃねぇかよぅ」

「師走ですからね。あなた方だって、忙しくしてたんでしょう？」

文七の手前、丁寧に言うと、双子は顔を見合わせて噴き出した。

「『あなた方』だって」

「いつもは『あんたたち』なのに」

「咲がおしとやかにしているぞ」

「猫っかぶりをしているぞ」

あんたたち——

そう声を高くしそうになるのをぐっとこらえて、咲は努めて穏やかに微笑んだ。

「猫かぶりじゃありませんよ。私はあなた方と違って、もういい歳ですからね。礼儀というものをわきまえているだけです。——文七さん、こちらは錺師の修次さんです」

「噂はお聞きしております。私は十軒店の人形屋、月白堂の文七です」

「私もあなたのことは聞いておりますよ、文七さん」

文七をじろじろ見ながら、修次もいつになく丁寧な言葉で言った。

「私のことをですか？　旦那さまではなく？」

「ええ、まあ……」

きまりの悪い顔をした修次を見上げて、双子は揃って「ひひっ」と笑った。

「修次のやつ、焼き餅焼いてるぞ」

「とびきりおっきな、焼き餅焼いてるぞ」

「なんだと？」

修次に睨みつけられるも、双子はまるで怯(ひる)まない。

「いひひひひ」

「ひひひひひ」

「お前たち——」

渋面を作った修次へ、とりなすように文七が言った。

「修次さん。ご心配は無用です」

「うん？」

「私は来春、嫁取りをすることになったのです」

——うん？

咲も内心小首をかしげたが、修次と共に黙って文七に聞き入った。

「お咲さんにはそのことでもお世話になったので、知らせに寄ったのです。うちは何かと余計な噂がありまして、また変な噂が立たぬよう、長屋の人の目を避けて表へご足労いただいたまででして、修次さんが案じられているようなことは何もありません」

「わ、私は何も……」

もごもごと応えた修次、咲、それからしろとましろを順に見やって微笑んでから、文七は続けた。

「相手は旦那さまの上の妹さんで、お貴といいます」

「月白堂は、旦那さんと妹夫婦とあなたの四人で営んでいると聞いていましたが、旦那には妹が二人いたんですか?」

修次の問いへ、文七は咲をちらりと見やって応えた。

「はい。お貴は旦那さまと同い年ですが、少し遅くに生まれました。腹違いの旦那さまが跡取りとして店に入る前に、十六歳でお母さまの実方がある小田原の人形師のもとへ嫁いだのです」

「へぇ、四代目が腹違いだったとは知らなかった」

「刃傷沙汰が、思いの外大きな噂になりましたからね。みなさん、跡取りの旦那さまの噂に夢中で、遠くに嫁入りした長女のことなど、ご近所さんでももう忘れているようでした。寂しいものです。これもまた、女の人が侮られている証(あかし)かと、旦那さまは苦笑されておりましたが……」

「旦那さんを目にしたことはないんですが、あの妹さんのお姉さんなら、相当な器量良しでしょう?」

「ええ。それはもちろん」

「文七さんの嫁さんになるってことは、お貴さんは出戻ったんで?」

「はい。実はお貴は数年前に離縁して、しかし出戻りは外聞が悪いと、向島(むこうじま)でひっそり暮らしていたのです」

　ということにするらしい——

　月白堂の新たな「狂言」に、ついにんまりしそうになった顔を咲は引き締める。

「旦那さまの命で様子見やら届け物やらするうちに、私はお貴と想い合うようになりまして、此度ようやく旦那さまに打ち明けました。というのも——恥ずかしながら、後先になってしまいましたが——お貴が身ごもったようでして」

「そりゃめでたい。文七さんも隅に置けませんな」

「まあ、その……」

　修次が微笑むのへ、文七は照れた笑みを浮かべた。

「旦那さまはもともと人嫌いで、ずっと巷の心無い噂を煩わしく思われていました。お客さまから、いつ後妻を娶るのか、五代目はどうするのかなどと問われることも……ですから、私とお貴のことは、渡りに船と喜んでくださいました。ご自分がお貴と入れ替わりに向島の家に移り、あちらでひっそりと穏やかに人形作りを極めたいと仰いまして、結句、そのように運ぶことになりました」

　英治郎の名を汚すことなく、捨てることなく、だが、妻として、母親として、「女」に戻ることにしたらしい。

「なるほど、それは」

妙案ですね——と言いかけて、咲はしろとましろが己をじぃっと、愉(たの)しげに見上げていることに気付いた。

「それは——おめでとうございます」

「うん、めでてぇな」

「やれ、めでてぇな」

顔をほころばせた咲の横で、双子もえらそうに口々に言う。

しろとましろにくすりとした文七へ、修次が問うた。

「じゃあ、生まれてくる子が男だったら、その子が五代目英治郎になるんですね？」

「それはまだ判りません。ちょうど妹のお順さんにもご懐妊の兆しがありますが、どちらかに——はたまた両方に男が生まれたとて、人形師になりたがるとは限りません」

「そうだなぁ。反対に生まれたのが女だとしても、事と次第によっちゃあ、人形師を目指すやもしれませんね」

「えっ？」

「だってほら、お咲さんだって、ひょんなことから縫箔師の弟子になったんですぜ。女の縫箔師がいるんだから、女の人形師がいたっておかしかないでしょう」

にこにこして言う修次は無邪気で、「秘密」を知っているようには思えない。

咲と見交わして、文七は微笑んだ。

「そうですね。もしも娘が——いや、息子でも——人形師を目指すようなら、好きにさせてやりたいです。ですが、いくらなんでもせっかちですよ。まずは無事に生まれてきてもらわねば」

「いやいや、まずは祝言でしょう」

「そうですとも」と、咲も口を挟んだ。「お貴さんと、どうか末永くお仕合せに」

「お仕合せに」

目を細めて、しろとましろは咲を真似た。

ほんの一言だが、紛れもない言祝ぎだ。

丁寧に礼を述べて帰って行った文七を、晴れ晴れとした気持ちで咲は見送った。


年明けて、睦月は二日。

四ツを半刻ほど過ぎてから、修次が長屋へやって来た。

昨年は和泉橋の手前で偶然鉢合わせたが、此度は誘い合わせてしろとましろの稲荷神社へお参りに行こうと、先だって文七を見送ったのちに決めていた。

「ついでにどこかへ、何か旨いもんを食いに行こう」

「そうだね」

よそ行きを着て、巾着には今朝方仕上げたばかりの修次の財布を入れた。

刺繍は大晦日までに終えていたのだが、銘に迷って仕上がりが遅れた。

読み書きが得意ではない咲は、初めは銘の手本とする字を、能筆家か親方の弥四郎に頼もうと考えていたのだが、己の腕を買ってくれた美弥の言葉を思い出し、結句己の手で書くことにした。とはいえ、なかなか満足のいく字が書けず、書き損じの紙の山を見て困っていたところへ、大家の藤次郎が笑って言った。

――書初の字を使っちゃどうだい？　お咲ちゃんに――いや、縫箔師の咲にとっちゃ、銘入れは新たな門出じゃないか――

今年は甲寅で、恵方はやや東寄りの東北東だ。六ツ前から起き出して墨を磨り、恵方を向いて新たな門出をひっそり祝い、皆の幸を祈りつつ、己の名を書初とした。

書初の字も、書き損じた字とさして変わらぬように見えた。だが、これが今の己なのだと、妙にすとんと腑に落ちた。

手始めに修次の財布に銘を入れると、それはますますしっくりとした。

稲荷神社に着くと、鳥居は一人ずつ腰をかがめてくぐったが、社の前では二人揃って手を合わせた。

みんなでまた一年、達者で暮らせますように――

いつもの願いを唱えてから、咲は付け足した。

今年も面白いご縁――もとい、良いご縁がありますように……

お参りを済ませると、咲は二匹の神狐の足元にも四文銭を一つずつ、修次は二枚ずつ置いたのち、どちらからともなく包みを差し出した。

修次の簪は流水文様だった。

横に長い楕円の平打で、並の平打よりややある厚みが、文様に深みを感じさせる。

絶えず変わり続けてゆく穏やかな流水は、とどまることのない無限の時を表し、常に清らかで、禍難を流し去るといわれている吉祥文様の一つである。

「おっ。お咲さんの財布は青海波か。こりゃすげぇや」

「あんたの簪も……」

意匠は違えど、共に水にかかわる吉祥文様を選んだことがじわりと嬉しく、顔つきから修次も同様らしいのがどうも照れ臭い。

「なんだか気が合うな、お咲さん」

「そうだねぇ」

「こんなに気の合うお人にゃ、俺ぁこれまでお目にかかったことがねぇ」

「ふうん、そうかい」

「ああ、そうさ。……お咲さんはどうだい？」

「どうって」

小間物や意匠の好みなら、美弥の方がより気が合いそうである。

だが、この問いかけの真意が判らぬほど、咲はうぶではなかった。

「なんだかんだ……そうといえないこともないね」

「そ、そうかい」

ほっと、修次があからさまな安堵の表情を浮かべたものだから、咲はついくすりとしそうになる。

「そんなら、お咲さん。この際、俺と一緒にならねぇか？」

いつもながらの気安い物言いだが、咲が作った財布を手にしての此度の妻問いは、冗談ではなさそうだ。

冗談ではなさそうなんだけど――

夫婦の契(ちぎり)となると、己にはまだ、とても踏ん切りがつけられない。

案外臆病(おくびょう)な己への失笑と、修次への後ろめたさがない交ぜになり、咲は箸をもてあそびつつ小さく溜息をついた。

「……考えとくよ」

「ちぇっ、またそれか」

こちらは大きな溜息を漏らして、修次はこぼした。

「こりゃあ、あいつらは留守に違えねぇ。それとも、もちっと賽銭(さいせん)を弾んでおくべきだったのか……」

修次が恨めしげに二匹の神狐を見やったところへ、小道から双子の声がした。

「やあ、二人とも、明けましておめでとう」

「やあやあ、咲も修次も、新年おめでとう」

慣れた足取りでやって来ると、咲たちには小さい鳥居を難なくくぐって、二人並んでにっこりとした。

「明けましておめでとう」

「新年おめでとう」

口々に挨拶を返した咲たちの手元を、双子はそれぞれ覗き込む。

「ほう、こりゃあめでてぇ財布だな」

「ほほう、こっちもめでてぇ簪だ」

「財布はお咲さんが、簪は俺が作って、取り換えっこしたのさ」

向かって左のおそらくしろが簪の足の後ろを、向かって右のおそらくましろが財布の折り返しをめくって裏を確かめた。

「ほんとだ。修次の名が彫ってあらぁ」

「ほんとだ。咲の名が縫ってあらぁ」

「うん？　どれどれ、ああ本当だ」

「お美弥さんがね、そろそろ銘を入れてみちゃどうかってんでね」

気恥ずかしさに急いで言うと、修次がゆっくり微笑んだ。

「そりゃ妙案だ。――なぁ、しろにましろ？」

修次が問うと、双子は微笑み返して大きく頷く。

「うん。だって咲は縫箔師」

「ほんとにほんとの縫箔師」

にこにことして言う双子の頭を交互に撫でて、修次は財布を懐に仕舞った。

「さて。俺たちゃこれから、何か旨いもんを食いに行くんだが、お前たちも一緒にどうだ？　年玉代わりに、なんでもたっぷり馳走するぜ？」

「なんでも？」

「たっぷり？」

「おう。ああでも、豆腐屋は駄目だぞ。ゆっくりできねぇからな」

ひそひそと二人にしか聞こえぬ言葉を交わしてから、双子は再び修次を見上げた。

「おいらたち、両国に新しい飯屋を見つけたんでい」

「お稲荷さんが旨い飯屋を見つけたんでい」

「ほう、そんならそこへ行こうか。いいだろう、お咲さん？」

「うん。この子らのお墨付きなら間違いないからね」

咲が頷くと、双子は「わぁっ」と歓声を上げて、くぐって来たばかりの鳥居へ踵を返した。

「お前たち、お参りは？」

「お参りは後！」

「お稲荷さんが先！」

修次が問うのへ、双子は振り向きもせず、小道を小走りに先をゆく。

「おいら、お稲荷さん五つ食べる！」

「おいらは六つ！」

「じゃあ、おいらは七つ！」

「そんなら、おいらは八つ！」

しろとましろの弾んだ声を聞きながら、咲たちは顔を見合わせてくすりとした。

「じゃ、私らも行こうかね」

「おっと、お咲さん。その前に――」

簪を仕舞おうとした咲の手にやんわり触れて、修次は簪を取り上げた。

修次との参詣、それもしろとましろの稲荷である。着物はよそ行きにしたものの、殊更着飾ることもあるまいと、咲は今日は福寿草の塗櫛だけを髷に挿して来た。

一歩近付いて、目と鼻の先になった修次が、左手でそっと咲の肩を押さえる。

咲がどきりとする束の間に、右手でこれまたそっと簪を挿した。

「うん。思った通りだ。よく似合ってら」

満足げに、そして思わせぶりに、修次がにっこりとする。

負けじと努めてゆっくり笑みを返して、咲は腰をかがめて修次の手から逃れた。

修次の横をすり抜け、鳥居をくぐると、双子を追って足を速める。

右肩と頬がなんだか熱い。

「おおい、お咲さん」

「ぼんやりしてると置いてくよ」

振り返らずに応えた己の後ろを、修次の足音が追って来る。

「両国まで、どうせ川沿いをまっすぐだ。のんびり行こうや、お咲さん」

「どうせ私はせっかちだよ」

修次が噴き出すのを聞きながら、咲は今になって早鐘を打ち始めた胸へ手をやった。

本書は、ハルキ文庫（時代小説文庫）の書き下ろし作品です。

時代小説文庫
ち2-13

瑞香（ずいこう）　神田職人（かんだしょくにん）えにし譚（たん）

著者　知野（ちの）みさき
2023年2月18日第一刷発行

発行者　角川春樹

発行所　株式会社角川春樹事務所
〒102-0074 東京都千代田区九段南2-1-30 イタリア文化会館

電話　03(3263)5247［編集］　03(3263)5881［営業］

印刷・製本　中央精版印刷株式会社

フォーマット・デザイン＆シンボルマーク　芦澤泰偉

ISBN978-4-7584-4543-6 C0193
http://www.kadokawaharuki.co.jp/［営業］
fanmail@kadokawaharuki.co.jp［編集］　ご意見・ご感想をお寄せください。